茫茫羽毛原无力
坠地金石自有声

挺句录奉
瑞祥同志双正
臧克家
庚午之夏 时年八十又五

晚岁诗文汇

宋瑞祥 著

乙未孟冬金秋 王金长书

河南文艺出版社
·郑州·

图书在版编目(CIP)数据

晚岁诗文汇/宋瑞祥著. —郑州:河南文艺出版社,2017.1
ISBN 978-7-5559-0369-7

Ⅰ.①晚… Ⅱ.①宋… Ⅲ.①散文集-中国-当代②诗集-中国-当代 Ⅳ.①I217.2

中国版本图书馆 CIP 数据核字(2016)第 221415 号

责任编辑　杨彦玲
责任校对　赵红宙
装帧设计　韩　青
美术编辑　王井起

出版发行　河南文艺出版社
本社地址　郑州市鑫苑路 18 号 11 栋
邮政编码　450011
售书热线　0371-65379196
承印单位　河南大美印刷有限公司
经销单位　新华书店
开　　本　787 毫米×1092 毫米　1/16
印　　张　15
字　　数　185 000
版　　次　2017 年 1 月第 1 版
印　　次　2017 年 1 月第 1 次印刷
定　　价　40.00 元

序

赵世信

　　宋公瑞祥，余挚友也。编辑家，出版人。长垣人氏。善为文，常闻其朗声笑语，虽七十又一，却浑然不觉，骑车往来于闹市，悠然自得之色，犹见于眉间。

　　宋公早年，就读武大，文字功底扎实深厚。学成从业记者、编辑，后执掌期刊《名人传记》，享誉宇内，为他人做嫁衣，乐此不疲。退而为文，著述甚丰，《朱仙镇年画七日谈》，好评如潮；《中华荣辱大观园》《绣在嫁衣上的花瓣》，要员徐光春、王菊梅为之作序。笔耕十年，成书9部，加之文案、报告、建议，粗计数百万字，用去圆珠笔431支，史上书法大家智永有"退笔冢"、怀素有"笔冢塔"，瑞祥之空笔芯，足可成为发奋著书者相传之佳话。

　　汇者，烩也！出生于厨师之乡的瑞祥，晚年又烹饪出一道新的风味"菜品"，"食材"丰富，味道鲜美，是奉献给读者的又一道文化大餐。所记人物，有教育先贤、书法大家、丹青妙手、文坛巨匠、市井小民、政府官员，各色人等，不一而足。

文风朴实，感情细腻，引人入胜。让其过往经历，从时间深处潺潺流淌出来，使读者仿佛亲临其境，亲闻其声，阅之流畅轻松，自然真切。

瑞祥诗，感情细腻真挚，对朋友、亲人之思念、爱恋、祝福，发于毫端。诗贵真，贵感人，如读《早春二月》："投来一个秋波 / 你走了 / 把火点起来 / 你走了 / 思念痴迷 / 如醉如泥 / 理也理不清的思绪啊 / 这万般煎熬的美丽。"读之令人浮想联翩。元好问《摸鱼儿·雁丘词》名句"问世间，情为何物，直教生死相许"，瑞祥领会得那么深透，让人想不到这是一位古稀老人的吟唱，瑞祥有一颗年轻的诗心！

瑞祥家庭幸福、美满、温馨，夫妇俩可谓琴瑟和鸣。夫人徐秀荣，琵琶演奏家，天生丽质，贤惠善良。余曾聆听徐先生弹唱，虽去经年，妙音犹在耳畔。瑞祥终日陶醉在仙音袅袅之中，其笔底流淌出的快意文字，秀荣功不可没啊！

作为瑞祥忠实的朋友，在他漫长而精彩的文字生涯里，我愿做那个为他鼓掌的人。

（作者系中国作协会员、留馀文化艺术研究院院长）

目录

第一章

多味人生・苦辣酸甜

萧士栋先生 〰〰〰〰

　　辛卯春节假前，忙完手头的工作，我清理案头时突见上、下卷《萧士栋文集》和《捧着一颗心来——忆萧士栋先生》三本书，方想起一位朋友托我"看看"的嘱托。于是，我将书抱至面前，漫不经心地翻看《捧着一颗心来——忆萧士栋先生》。看着看着，我的眼睛渐渐睁大，情不自禁地深深吸了一口长气。我发现，书中的266篇文章编有章法；文章不论长短，篇篇结构严谨、逻辑抓人，文中理念的新颖和知识的丰富让人惊奇。特别是"社交书

萧士栋先生
在农村讲课

信篇"的16封信和"附录"中的《士栋足踪》《病榻琐记》感人肺腑，让人为之动容。文集像磁铁般吸引着我。利用"五一"长假，我不仅阅读了文集中的大部分美文，而且研读了84篇回忆萧士栋先生的诗文，其中有些文章我反复阅读，并在动情处用红笔或蓝笔做了圈点。随着阅读的精细深入，一个高大的、令人仰慕的形象栩栩如生地矗立在我的面前。我由衷地感到，萧士栋先生的人品真是了不起，萧士栋先生的才华真是难得。他的胸怀，他的精神，他的德操，他的业绩，是许多人所难以企及的，堪称一代师表。他以基础语文教育理论的建树和脚踏实地的实践，筑起一座忠诚于党和人民教育事业的历史丰碑。

忠诚，什么叫忠诚，萧士栋先生用辉煌的人生做出了响亮的回答。

萧士栋，1929年10月生，河南项城人。青年时代，他先后任教于项城中学和淮阳师范，踔厉风发，激扬文字，乡间传诵着"豫东才子"的佳话。1958年3月，年方29岁的萧士栋先生被错划为"极右"，被开除公职，送淮阳农场劳改。政治上，被打入"黑五类"，天天夹着尾巴做人；生活上，吃右派大伙房，每天五两粮，住猪圈，睡草庵；工作上，被勒令和泥、烧砖，白天扫马厩，夜晚卸煤车。身体浮肿，30多岁牙齿先后脱落三颗，拔去三颗。没有温饱，没有自由，没有尊严，身体上和精神上受到严重的摧残。这种炼狱般的日子，他整整熬了20年，占去了他人生的1/3。从1968年至1976年，他向组织递交了80多封申诉信，屡屡要求平反，屡屡无果而终。斗转星移，1978年4月，他终于被摘掉"右派分子"的帽子，迎来了生命的第二个春天。他胸怀天地，以德报怨，"会当雕琢成丹碧，重答斯民慰我肠"，立志"读书、教书、写书；做人、育人、惠人"，抱定要把错划右派耽误20年教学的损失补回来。他白天上课，夜晚伏身书桌的台灯下，一手夹着烟，一手写着稿。他不知疲倦，埋头奋进，那半明半暗的身影就像一支蜡烛，为照亮别人慷慨地燃烧着自己；为振兴周口乃至全省、全国的语文教育，呕心沥血，吐丝结茧。他认为"一个研究会，没有研究成果，就没有生命""学校把精力放在搞钱上，值得研究"。出于这种认识，他先后在全国各种报刊上发表教育论文300余篇，出版专著5本，并在语文教学实践中逐步形成自己"九法""十能"的教学体系。1982年，他首倡"教学法下乡"，1984年被在昆明召开的全国语文教学法研究会与会专家誉为"异军突起的教学法下乡派"，成为一位公认的学而不厌、诲人不倦的优秀教师，被誉为新的历史时期教育战线一头忍辱负重、德高望重的老黄牛。"大雪压青松，青松挺且直。要知松高洁，待到雪化时。"陈毅元帅这首名诗，是对士栋先生精神和人格的最好写照。摧残击不垮、春风吹又生。士栋先生彰显的，正是对党和人民的坚定信念，对教育事业的无限忠诚。

从29岁至49岁，20年的炼狱生活，使士栋先生患上肝炎等多种疾病，元气大伤，埋下了病残之躯的祸根。"右派"摘帽、平反昭雪后的十年间，他几乎天天熬更守夜，烟不离手；吃饭只求果腹，无营养观念；"老牛自知夕阳短，不用扬鞭自奋蹄"。长期的身体透支，招致疾患的悄悄袭侵。1988年11月他开始咳嗽，12月痰中带血。1989年元旦假日，他带着"胸闷、气短、阵咳、咯血痰"的病痛，主持由九位老师参加的《文体阅读法》一书的编写会议。1月7日，经周口地区医院透视、拍片、活检，他被诊断为肺癌，只是家人瞒着他。第二天，即1月8日，他坚持按先前约定，顶风冒雪，在原地委书记张文韵同志的陪同下，前往西华县大王庄乡给中小学教师班上语文教改课。从9点讲到12点，三个小时中时有咳嗽、闷气、涌痰，但他始终忍着没有吐痰。从走上讲台的第一天起，萧先生就给自己定下一条清规——"讲课时不许吐痰！"他一生都把课堂看作是教书育人的神圣殿堂，杜绝一切不雅行为。1月10日，家人将他从周口地区医院转至河南医学院一附院。眼看着病情在一天天恶化，他痛苦地说："面临书房不能进，教坛不能上，编务不能摸，撰写不能作，实乃人生悲事。近与仲岭公讲及此事，未尝不泪湿罗巾也！""我如日坐愁城，与世隔绝，寂寞难支。"在生命垂危之际，他依然执着地校对了一部20万字的教育书稿。尽管竭尽了全力，但他仍然自我反省说："以前身强力壮时浪费了光阴，该做的事没有做，能做得更好一些的工作，没有做得更好。"他完全忘记了自己的病情，心里想的只有周口地区中语会第五次年会和即将在湖北召开的中南六省区师专新教材的研讨会。先生就是这样顽强的人，可恶的病魔丝毫影响不了他对教育、对工作的一片热忱。

他的学生张春沛先生曾对人说："萧老师内心痛苦，鲜为人知。"此话传到士栋先生耳中，他说："甚切！"萧老师的内心，主要为业界一些冷嘲热讽与无端指责而痛苦，并且他从不向人解释，默默地往自己肚里咽。躺到病榻上，他才在给知心友人的一封封书信中袒露多年的隐衷，道出苦情，以吐胸中块垒："几十年来，风霜刀剑中接触了各色人物，其中有一些是真正的人，有少数是凤毛麟角者；但也接触过一些整人、陷人的伪君子。年轻时吃了苦头，几乎使我一蹶不振，每与祥芹闲论此事，未尝不叹息而泪涔也。""前进的路上面对着鄙夷、轻蔑、指责、议论……我必须有主见，有自信心，有毅力，以至牺牲精神；我又必须自谦、虚心、木讷、冷静。但总免不了'个性太强、主观主义、自高自大……'的背后指责。""正因我的境遇往往不顺利，铸造了我义无反顾的性格，越是困难的、前景不佳的、受劳受怨的事一定试试做。（我十分感激他们。没有他们从反面来推动我，我可能不会愈挫愈奋。）""我辈生于忧患，如今是过来人，讲人生，谈哲理，灵犀相通，是以体验深埋于心而不与外人道也。我辈是牛，吃的是草、糠，挤出的是血、奶。"这些内心的隐痛，长期以来折磨着他、煎熬着他。但他一如既往，更加坚定地说："有人责我过去太谦让，太不会争。但我实在不愿、更不会把精力用在与人"抗争"上，那样做太无聊了。""为推动群众性的语文教改，我付出的心血是无法让人看见的。我搞教改不为个人名利，只希望全区语文教学有所进展，唯此而已。""我愿为之倾尽毕生心血，死而后已！苍天可鉴。"士栋先生在伪君子和恶言恶语面前，是何等的大义凛然！在功名利禄面前，是何等的高风亮节！对党和人民的教育事业，是何等的忠心耿耿！

萧士栋先生曾任周口市第五届人大代表和河南省第五、六两届政协委员，是省、市教育界的杰出代表。党和人民的教育事业，在士栋先生的心中重如千钧，他至死也放心不下。1989年4月27日下午4时，士栋先生相濡以沫的老朋友曾祥芹先生匆匆赶到医院看他。曾先生走进病房，只见病榻上的老友骨瘦如柴，气喘吁吁，眼看已到弥留之际。士栋先生的右手拉着祥芹先生的左手，久久不肯放开，他用嘶哑的声音，从下午4时艰难地说到6时，断断续续地嘱托着，并要祥芹先生一一记录下来。士栋先生谆谆嘱咐的是，中南五省通用教材《中学语文教材教法》的出版要抓紧，清代女诗人高梅阁的《形短集》催促快出版，《文体阅读法》一书要加快撰写，一定要完成"阅读学丛书"的巨大工程，"教学法下乡"在农业大省的河南应率先实行。他嘱托的14件事件件是教育上的公事和挚友的家事，竟没一件自家的私事。二人"执手相看泪眼，竟无语凝噎"。含着两眼热泪的祥芹先生赶忙用双手紧紧握住萧兄干枯的手发誓道："士栋啊，您放心吧！您嘱托的14件事，我保证不打折扣，不遗余力，全部做到！"两人依依惜别四个小时后，即1989年4月27日22时10分，一颗对党和人民的教育事业无限忠诚的伟大心脏停止了跳动。如晴天霹雳，悲恸震动着辽阔中原的广大师生。五天后，河南省教委及周口地区8县一市500余人，人人胸佩白花，眼噙泪水，浩浩荡荡冒雨为萧公送行。

光阴荏苒。萧公一别已有20余年。但重温他的著述和书信，

500 余人胸佩白花眼含泪水为萧士栋先生送行

一位戴着眼镜，气清如兰，质朴、忠厚的学者历历如在目前，一颗受尽磨难，坚强不屈，泰山压顶不弯腰的伟大灵魂萦回盘桓于脑际。"捧着一颗心来，不带半根草去"。他那高尚的情操和纯洁的心灵，依然深深印在祖国的土地上。

臧克家先生曾赋诗道："有的人活着，他已经死了，有的人死了，他还活着。"如今，100 多万字的《萧士栋文集》和《捧着一颗心来——忆萧士栋先生》，似从长空坠地的隆隆金石声响彻在人世间，那正是萧士栋先生在课堂讲课的声音。

萧士栋先生没有死。他永远活在人们的心中。从他身上迸出的音乐般铿锵有力的"金石声"，将鼓舞一代又一代莘莘学子坚韧不拔，奋发前行。

琵琶情

"叮叮叮,叮叮叮……"门铃响了!徐秀荣老师轻轻打开房门,只见一对母女站在面前。徐老师立即蹲下身子,双手捧起孩子苹果似的脸蛋亲吻了一下,笑着问:"谁给我们的小楠楠梳的头啊,蝴蝶结打得这么漂亮?""妈妈!"楠楠一边腼腆地回答,一边用小手指了指妈妈。妈妈关上房门,提着琵琶,笑着招呼说:"徐老师好!"

徐老师拉着楠楠的小手,走进书房,然后让她坐在身旁的小凳子上。楠楠的妈妈轻轻打开盒盖,取出琵琶,放在楠楠的面前。这是楠楠第二次上琵琶课了。

"楠楠,"徐老师微笑着贴近琵琶问,"上一节课,我讲的琵琶的构造忘了没有?"楠楠看着琵琶不语,徐老师指着琵琶问:"这一部分叫什么?""叫头。""对!""这一部分呢?""叫颈。""对!""这一部分叫什么?""叫腹,又叫面板。""对,对!楠楠真聪明!"听了老师的夸奖,楠楠胆壮了。她看了一眼妈妈,然后对徐老师说:"老师,上节课您讲的还有,还没问完呢!"孩子天真的话,逗得徐老师直笑,妈妈也得意地笑了。

"那好吧!"徐老师笑着说,"楠楠真乖,她想让我考考呢!

楠楠,现在我就考,你准备好了吗?”“准备好了!”徐老师问:“琵琶面板上有哪些具体部件?”“有品,有弦。”“品有几个?”“二十四个。”“对了!弦有几种?”楠楠仰起脸,噘起小嘴,慢慢地说,“四种,就是一弦、二弦、三弦、四弦。”“对,对,楠楠真聪明!楠楠,面板上还有什么?”楠楠摇着头,默不作声,再问,仍不回答。又停了一会儿,她羞涩地说:“不知道了!”徐老师握起楠楠的小手指着说:“还有缚弦!要是没有缚弦,琵琶的四种弦下端怎么系得住呢?”楠楠拍着小手连说:“是,是,是!”妈妈说:“楠楠好好向徐老师学习吧!你看,徐老师多喜欢你啊!”徐老师接过妈妈的话说:“我特别喜欢孩子!看着他们红扑扑的小脸蛋,听着他们淳朴天真的童音,我真是心花怒放啊!你看,现在的孩子多幸福啊!他们比我们小时候学琴的条件好到天上啦!”

“徐老师几岁开始学琵琶啊?”楠楠的妈妈问。

“16 岁。我今年 66 岁,整 50 年了。我一生学琵琶,演奏琵琶,教琵琶,对琵琶怀有刻骨铭心的深情。退休后我也舍不得丢开琵琶,总想用我这满腔的琵琶情美化孩子们的心灵,提高他们的才艺。”稍停,徐老师对楠楠说,“乖,下面老师给你讲讲弹琵琶的

徐秀荣老师

正确姿势和弹、挑、滚、抡、扫几种基本的指法，好吗？"

"好！"妈妈代楠楠回答。徐老师端起琵琶，一边示范，一边讲解。每种指法，都点出要领，指出容易出现错误的动作，不时说句笑话，乐得楠楠和妈妈合不拢嘴。最后徐老师说："好，这节课我们就上到这里。楠楠，累吗？""不累，"楠楠高兴地说，"妈妈，学琵琶真好玩！"

还没等楠楠妈妈收拾好琵琶，门铃又响了。徐老师赶忙走去开门，进来的是清纯俊美的冬冬，遂对楠楠说："这位漂亮的大姐姐，她马上要考10级了。楠楠，快问姐姐好！"楠楠睁着一双水灵灵的大眼睛，看着冬冬说："漂亮姐姐好！徐老师，再见！""这孩子真有礼貌！"冬冬边说边拎着琵琶走进了书房。

"徐老师，"冬冬边从盒中取琵琶边说，"在您这儿遇到的大人小孩，个个彬彬有礼，文文气气，让人感觉很温馨。"

"这就对了，"徐老师笑着说，"自古礼和乐就是联系在一起的。教琴育人，礼节也是一项重要内容。点点滴滴，要从小事、从细节做起。50年前我学琴时，老师就是这样教我的。冬冬，我们开始吧！"

冬冬已上初三了。她跟徐老师学琵琶快六年了，在学校里她文化课很好，琵琶也弹得有模有样。她活泼热情，长得漂亮，是全校师生心目中的"校花"。徐老师每看到她，就联想到自己的青春岁月，对她格外喜欢。徐老师说："冬冬，这节课我们继续讲《十面埋伏》。这首著名的传统大套武曲，指法多样，难度很大，是琵琶10级考试的主要曲目。你务必加倍练习，弹出战场上的声威和气势。今天，我想让你将《十面埋伏》中的'埋伏''鸡鸣山小战''九里山大战'三段重点部分先弹一遍，让我听听，具体看看你的指法练得怎么样。开始！"

冬冬左手抱起琵琶，右手拨动琴弦，"哗——"的一声，音乐进入了战场"埋伏"的境界。接着，她用煞弦、绞弦、拼双弦等技法，以丰富多变的节奏，将"金声、鼓声、剑弩声"弹将出来，让人产生一种身临其境的感觉。弹毕，冬冬深吸了一口气，笑着等待徐老师点评。

"不错，弹得不错，"徐老师以鼓励的口气平静地说，"你能运用绞弦、煞弦、拼双弦的指法，把战场上的气势，磅礴的声威，把战鼓金声、刀光剑影的大战场面基本弹出来，很不错。但你的艺术手段还不够，音乐表现还嫌不足。刘邦一方得胜之师的威武在高音区，和音色彩需要明亮，调式转换要多，故事发展要求音乐既能传达动荡不安和扣人心弦的战斗气氛，又能使人心情振奋，斗志昂扬。'鸡鸣山小战'一段你的煞弦，指甲抵弦不可太重，太重了煞声不清脆；也不可太轻，太轻了散音与煞声交织，不像古代兵器撞击的声音。'九里山大战'弹奏，要以长抡和挑抡的指法，音调下行，在绞弦前表示楚地箫声，绞弦后表示项羽一方军败如山倒。你弹奏'呐喊'一段时，音调要在依拍揉动中升高，一般高一个全音，如若情绪激昂时还可升调，使乐音像在呐喊，更像骑在战马上边奔跑边呐喊，此起彼伏，这就有古战场的音响效果了。"徐老师一口气讲到这里，停了停又说："冬冬，你的弹奏虽然流畅，听起来也不错，但用专业的耳朵去听还有很大的差距。你还得用心去琢磨，下苦功夫去练啊！"

"徐老师，我跟妈妈曾在一个音乐沙龙里不止一次听过琵琶独奏《十面埋伏》，并且近距离细看那演奏者的指法，好像就是这样弹的啊！"冬冬解释说。

"冬冬，我想告诉你，"徐老师严肃地说，"大街上有业余的弹者，课堂上不应当有业余的指法；沙龙里有流行的高手，课堂上不应当有离经叛道的老师。指法是琵琶弹奏的基础，是老师教、学生学的关键。50年前，我的专业老师是这样教我的，今天我只能照此教你！"

"徐老师，您的老师现在在哪里？"冬冬天真地问。

徐老师没有直接回答冬冬的问题，而是情真意切地说："我曾师从三位老师学琵琶。第一位是我的启蒙老师，他叫丁辛秀。丁老师是和刘德海一起跟当时中央音乐学院林石城教授学的琵琶。他很严厉，学生都怕他，但他教学严谨，特别在指法上一丝不苟。我的琵琶技能基础就是他教我的。我的第二位老师是曹东扶，他是一位国家级音乐大师和音乐教育家。他曾在开封、郑州、北京和四川等地的音乐院校任教。他是从中央音乐学院回到河南文工团的。他常着一身中山装，戴个礼帽，口叼雪茄烟，手拄文明棍。《高山流水》《寒鸦戏水》等名曲，都是曹老师亲自教我的。第三位老师是王世澄，他是沈阳音乐学院的教授。'文化大革命'开始时，不知什么原因，他从沈阳来到河南省歌舞团。他中等身材，说一口纯正的东北话，看上去精明强干。他见我学琵琶，就主动教我。一次，他问我：'小徐，《塞上曲》你敢不敢学？'我说：'敢！'他有些惊讶地说：'你个小丫头胆子还不小呐！'因为'文化大革命'中，人人都怕被扣上'走白专道路'的帽子。许多古代和现代的琵琶名曲，都是王世澄老师教我的。经过十年'文化大革命'，人事变化很大，我那时年纪又小，弄不清三位老师后来都到哪里去了，现在是不是还健在，我也不知道。"

冬冬动情地说："徐老师，怪不得大家都夸您琵琶教得好，原来是名师出高徒啊！"

"我对琵琶这种传统乐器，一生情有独钟。我希望你们青出于蓝而胜于蓝，一代一代传下去，一代更比一代强。"徐老师的两只眼睛里，充满深情。

冬冬的琴课结束，正要告别时，徐老师的手机响了。她打开手机接听，听了足有五六分钟的时间后才说："下周六上午，您领着孩子来吧，让我看看她的情况！"

徐老师笑着说："刚才的电话，是我的学生又给我介绍了一个新学生。这个新学生已经学了三年琵琶，再也学不下去了。她妈妈打听到我，想过来看看。冬冬，回去好好练哪！"

冬冬提着琵琶说："谢谢徐老师，再见！"

又一个周六上午9点，门铃"叮叮叮"地响了。徐老师打开房门，门外站着一位白发苍苍的老太太和一个女孩。还没进门，那老太太就指着徐老师惊喜地说："徐秀荣，你还认识我吗？我叫张凤莲，50多年前在南阳艺校，我俩还是同学呢！"徐老师猛醒，拉着老同学的手高兴地说："真想不到哇！大姐，快领孩子进屋说话！"

落座后，徐老师给大姐沏上茶，端上水果。还没等徐老师开口，张大姐先自我介绍一番，然后问："秀荣，你从哪个单位退休的？"

徐老师说："我从省歌舞剧院。您呢？"

张大姐说："我是从省文联退休的。这孩子是我的外甥女，她叫方方，已经学了三年琵琶。"

"学得怎么样啦，孩子？你弹弹让我听听。"徐老师亲切地对方方说。

孩子弹了几下。张大姐摇着头说："啥也没学成，一级也没考过。她的老师，是个中学的代课老师。这老师自己就弹不好琵琶，还教学生，唉！孩子不想学，她妈妈想换个老师要她继续学。打听来，打听去，没想到打听到你这儿！我一听'徐秀荣'三个字，顿时增强了让方方继续学琵琶的信心。"

"大姐您过奖了！"徐老师笑着说。

"秀荣啊！"张大姐兴奋地说，"今天见着你，让我回想起50年前。那时你一件蓝底白花上衣，可体合身，头扎两根小辫，瘦削苗条的身材如一段青竹，亭亭玉立；举止端庄，不多言，不多语；走起路来，两只眼睛傲视前方，从不左顾右盼。琵琶考试，你回回第一。校园里有片树林，你天天早上带着小凳在那里练功，三九寒天也不放弃。你还自制了一个小竹弓，外出看电影也挂在身上，走一路练一路。你是学校有名的校花，谁不知道啊！"

"大姐，看您夸得我真不好意思！"徐秀荣谦虚地说，"方方，

学琵琶的孩子们，像鸟儿一样飞到北国南疆，有的还飞到了海外

奶奶教你，希望你好好学习！"方方始终低着个头。

"秀荣，你退休十多年，一直教琵琶吗？"张大姐问。

"是的，"徐老师说，"在职时，我演奏琵琶，后来教琵琶。你传我，我传你，学生不断，停也停不下来！"

"你也不嫌累吗？"张大姐又问。

"大姐，您知道的，这还不是琵琶的情缘！"徐老师说，"这个情缘深入我的血液骨髓，挥之不去啊！"

"哎呀，"张大姐感叹地说，"秀荣呀，想不到你还是年轻时那股傻劲！"

写于 2013 年 10 月

"闻鸡楼"里庆寿

常言说："无巧不成书。"我发现最近有几件事"巧"在了一起，于是撰成此篇短文。

2003年3月初，《名人传记》刊登了著名画家秦岭云先生的传记，题为《"芥子园"外的自然之子》。

3月8日，在秦老的家乡——卫辉市的第十一届人民代表大会上，张湘衡当选为卫辉市人民政府市长。

《神农索桥》（秦岭云作）

3月9日，张市长不顾会议期间的忙碌，抛开其他事务，带着新出版的《名人传记》，在市委宣传部常务副部长傅世光、城建局局长李行升等人陪同下赴京拜访秦老。

3月10日，是秦岭云先生的九秩大寿。张湘衡市长此行，把几件喜事串联到一起，使得秦老的寿辰喜上加喜，乐上添乐。

寿庆期间，90岁高龄的秦老身穿紫红唐装，一派仙风道骨，气宇轩昂。"闻鸡楼"里，各种鲜花竞相开放，五彩缤纷，满屋生香。著名书画家黄苗子、郁风、侯德昌等都到场祝贺，高朋满座，笑语声喧。秦老和老伴汪全菊及孩子们像过节一样，欢天喜地，其乐融融。黄苗子书写的大"寿"字高悬厅堂，烘托出寿庆浓郁的文化氛围。

卫辉市，原名汲县，是一座历史文化名城。早在公元279年发现的"汲冢竹简"，经过晋朝荀勖、束皙长达16年的整理而成的《竹书纪年》就发端于今日卫辉。清末以来，从这一文化沃土上相继走出著名学者和教育家李敏修，著名教育家和历史学家嵇文甫，中国第一位女修志家、从事《明史》标点和编纂《汲县今志》的魏青钤，著名地质学家、中科院院士李春昱和地质学家潘钟祥，还有《铁道游击队》作者、著名作家刘知侠和音乐家李全民。著名画家李剑晨也在此留下了他的足迹。中央文史研究馆馆员卢光照、侯德昌和秦岭云先生一样，也毕业于原来的汲县师范学校，被中央文史馆称为卫辉"三支笔"。中央文史研究馆馆长启功先生为此亲自题写了"三笔亭"三个大字。张湘衡市长此行，一是代表乡亲向秦老祝寿；二是向秦老汇报在家乡卫辉建"三笔亭"的方案，并征求秦老和侯老对建设卫辉名城的意见。

秦老说："卫辉物华天宝，人杰地灵。我对卫辉的护城河情有独钟。卫辉的水是一大宝。要保护好护城河，河边多植花草，开发好水面。卫辉、辉县两市相邻。卫辉要和辉县市的百泉连成旅游带，使游人有看头，有玩头，把历史名城开发好，建设好，利用好。"中央文史研究馆馆员、著名书画家侯德昌说:"汲县师范是我的母校,我对卫辉一直怀有深厚的感情。开发建设卫辉,需要在历史积淀和文化品位上下大功夫。作为一个县级市,当代竟然出了秦岭云、卢光照两位大画家,名播海内外,实在不容易。应当抓住这个契机,综合规划,多加宣传,鼓舞乡亲,激励后人。"

张市长听了二老的肺腑之言,深受鼓舞。他说,卫辉古有比干庙,今建三笔亭,名城添异彩,对后人更有教育意义。张市长恳切地说:"待'三笔亭'落成时,我们将欢迎二老带着家人回去剪彩。"

秦老幽默地说:"只要'机器'(指身体)没啥毛病,老天允许,我一定回去。"说得在场的人哄堂大笑。

原载 2003 年第 5 期《名人传记》

《寒江独钓》(秦岭云作)

挂历缘

20 世纪 90 年代，社会兴起一阵挂历热。一进入腊月，批挂历，卖挂历，送挂历，买挂历，热火朝天。挂历的内容，从山水、花卉、陶瓷、雕塑、古玩、邮票，到绘画、书法、明星、城市、戏曲、电影等，琳琅满目、五花八门，真可谓百花齐放。挂历几乎成为那个年代元旦、春节的新民俗了。

1993 年元旦前，朋友送我二十多本挂历。居室里挂上一份足矣，其余除送城里的老同学外，剩下的全部赶在春节前送给家乡的亲友和邻居。

元宵节过后，一个周日的下午，我独自在郑州市文化市场的小书店、杂货铺、路边书摊转悠，毫无目的，旨在散心消食。在一家小画廊里，不经意间，我突然发现墙壁上挂着一本旧挂历，名称是《国际名人藏画·佳丽丹青》。我请老板将挂历取下来，一张张细看。挂历共 13 页，全部是国际名人收藏的薛林兴的仕女画，由中国民族摄影艺术出版社 1993 年出版，定价 19.80 元。我被眼前一幅幅高雅时尚的仕女画吸引住了，很想买下这本挂历。

"喂，老板，这本挂历多少钱哪？"我问。

老板慢慢走过来，看了看挂历上的定价说："19.8 元！"

"元旦、春节都过了，你这挂历怎么还是按定价卖啊？"我理直气壮地质问。

"是啊，"老板笑着说，"我是画廊，我卖的是画！过时的挂历你买它做什么，你要买的还不是画吗？"

老板的诡辩让我生气，想反驳又找不出充分的理由。转念又一想，老板一语的确戳到我的心窝上了。顿时，我笑着对老板说："那好吧，19.8元，这挂历我买了！"

付款后，我卷起挂历要走，老板说："回去慢慢欣赏吧。这点钱，您花得值！"

我太喜欢这本挂历中的画啦，由画想到画家。"薛林兴"三个字让我脑子里冒出了一连串的问号："他是哪里的画家？他多大年纪啦？世界多国元首、政府首脑为什么纷纷收藏他的画呢？我怎么能见到他呢？"这些问题历经多年，却一个也没有破解。

从1993年起，我多次搬家、装修，每次都扔掉不少破烂杂物。因为住房太小，又讨厌搬运，许多原本还可用的衣物、家什也给

《国际名人藏画·佳丽丹青》薛林兴绘作挂历封面

扔掉了，或者送人了。但是，收录薛林兴绘画的这本挂历，我一直细心收藏着。有时寻找其他东西偶尔看见了，还情不自禁地顺手打开挂历欣赏一番，然后卷好再存放起来。

日子一年一年地过着，挂历的事也慢慢淡忘了。1999年我结识了从北京回到河南的文化专家戴松成。他是中国社会科学院研究生院新闻系首届毕业生，先在《人民日报》总编室工作，后调《中国交通报》任副总编辑，再后是辞职下海，创办公司，从事文化产业。他见多识广，在京混了一大帮子朋友。回河南后，他开始创办旅游文化产业研究会，承包了《名人传记》的广告版。我当时任《名人传记》的执行主编，因工作的关系常来常往，慢慢熟了。当时，戴松成热衷书画，他用承包的《名人传记》广告版刊登河南青年画家的作品，但效益不佳。他又举办画展，首先展的是山东旅日画家野石的画作。画展结束后，他又寻找续展画家的线索，问我，我突然想起了薛林兴，向他介绍后，我又将那本1993年出版的《国际名人藏画·佳丽丹青》的挂历拿给他看。戴松成看后，十分高兴，立即说："好了，下一个，我们就办薛林兴的画展！"我为难地说："不知道薛林兴在哪里，也不知道他的联系方式。"戴松成说："这个好办。既然他出版了挂历，那就不难找到他。"

果然，戴松成很快在北京找到了薛林兴，并同他讨论了画展的事宜。双方一拍即合，薛林兴画展的具体事项很快就拟定好了。

2001年阳春三月，薛林兴的画展在郑州市东明路193号临街大厅举行。通过媒体的宣传，河南省会文化界、新闻界、工商企业界、政府机关和社会团体许多要人、名流纷纷前来助兴，画展仪式热烈而隆重。展厅中，薛林兴的《子夜》《嫦娥奔月》《精卫填海》《红叶题诗》等100多幅优秀作品使郑州观众大开眼界，广获好评。画展一传十，十传百，在郑州引发连锁反应，第二天、第三天参观的人越来越多。郑州周边的开封、新乡、中牟、巩义、新郑等市县的美术爱好者和企业界人士也赶来观看、购买。画展给被传统禁锢、思想闭塞的中原大地带来一股清新、时尚的新风。

薛林兴及其随行人员到达郑州后，先被安置在金陵商务酒店，后转至兴源宾馆。在为薛先生一行接风洗尘的欢迎宴会上，我第一次见到心仪八年之久的薛林兴，只见他身材高大，体格健壮，谈吐儒雅，笑容可掬。他以浑厚的北方口音，简要介绍了自己的人生经历和绘画理念，给人留下坦诚、豪爽的印象。说至兴起，薛林兴竟高唱京剧，而且有板有眼，韵味十足，赢得一片掌声和赞扬声。事后才知道，薛林兴原是北京市的京剧票友。大家很快成了好朋友。画展期间，戴松成专门采访了薛林兴，并撰写了《粉黛三千唱风流——记著名仕女画家薛林兴》，刊登在2001年第4期《名人传记》上。

《国际名人藏画·佳丽丹青》的挂历，使我与薛林兴未相见便结下了美好的情缘，相见后这种情缘升华，我们将对方引为自己

作者采访薛林兴
先生时留影

21

心灵的知己。我朦胧感到，他身上还有许多潜质和精深的才艺，让人猜不透，说不出，想写点关于他的文字，总觉得力不从心。再说，他当时很忙，难得挤出时间接受我的采访。画展结束的前两天，我俩突然在宾馆的楼梯口碰面，他笑着招呼我说："宋先生，我想请您帮个忙。宾馆谢总经理是湖南人，为答谢兴源宾馆的热情接待，我特意创作了一幅《湘夫人》的画相赠，但画上题词却苦于手头上没有资料，请您帮我查查娥皇女英吧！"我欣然答应下来，查后告知了薛先生。薛先生遂在画上题："尧帝之女娥皇女英，娥皇为舜帝之后，玉英为妃。舜帝南巡崩于苍梧。二妃悲恸，以身殉情。"这幅画当时裱后就被悬挂在兴源宾馆接待大厅的醒目处，至今已经 13 年了。

癸巳年深秋，北京香山的枫叶红了。我和夫人相约，到北京走一趟，一是看看在京工作的孩子，二是观赏香山的红叶。香山似火的红叶点燃了我心中的激情，又让我突然想起了京华的薛林兴。2003 年我退休后和薛先生没断联系，但不知道他这些年的具体情况。我贸然给他发了一条信息，没想到他立即回复"欢迎老兄"，并告知我具体的地址。

在豪华别致、世所罕见的"美神宫"里，薛先生热情地接待了我。他兴致勃勃地领我参观了"美神宫"一个个国际风格、造型各异的雅间，介绍了他的家庭和事业，挥笔为我作了精美的书画，临别还赠了我图书和各种资料。想不到这次相会，竟成为一次久别重逢的采访。返回郑州后，我又认真拜读了他送我的图书和资料。薛林兴灿烂的辉煌业绩，丰富的多彩人生，尤其是 2005 年他荣获巴黎卢浮宫法国国家沙龙展的特别奖，让我激情澎湃。一本旧挂历，引出了我与薛林兴二十年的奇缘。

走进卢浮宫的薛林兴

北京市昌平区小汤山镇马坊桥东，一座中西合璧、标新立异的建筑巍然矗立，凡经过的人无不驻足，惊讶观望。这就是新落成的薛林兴美术馆，又称"美神宫"。癸巳年深秋，在枫叶尽染香山长城的秋光里，笔者与挚友薛林兴相会于"美神宫"里，亲切惬意，话匣子立即就打开了。

薛林兴

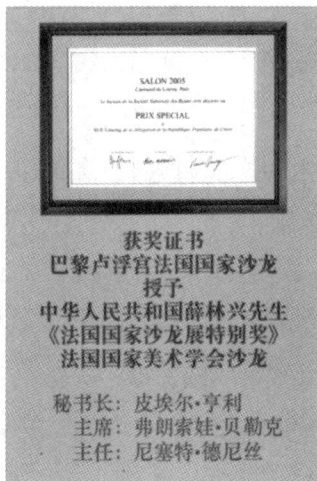

获奖证书
巴黎卢浮宫法国国家沙龙
授予
中华人民共和国薛林兴先生
《法国国家沙龙展特别奖》
法国国家美术学会沙龙

秘书长：皮埃尔·亨利
主席：弗朗索娃·贝勒克
主任：尼塞特·德尼丝

薛林兴获奖证书

在巴黎

西方一家媒体评论薛林兴的仕女画说："有人把女人画成鬼，有人把女人画成人，而薛林兴则把女人画成神。"人们由此将薛林兴称之为"东方美神"。2005年，在巴黎卢浮宫举行的法国国家沙龙展上，薛林兴的作品《贵妃醉酒》荣获特别奖。卢浮宫登录簿八百年间第一次迎来"东方美神"的登录。

卢浮宫位于法国巴黎市中心塞纳河的北岸，巴黎歌剧院南侧，始建于1204年，原是法国的王宫，曾居住过50位法国国王和王后。这里又是世界上最古老、最著名的博物馆，以收藏丰富的古典绘画和雕塑闻名于世，是法国文艺复兴时期最珍贵的建筑之一。正门入口处是美籍华人建筑师贝聿铭设计的透明金字塔，整体建筑呈"U"形，占地面积24公顷，其中建筑面积4.8公顷。宫中有希腊罗马艺术馆、埃及艺术馆、东方艺术馆、绘画馆、雕刻馆和装饰艺术馆，总计收藏艺术品40万件。其中最著名的是爱神维纳斯像、胜利女神尼卡像和达·芬奇的杰作《蒙娜丽莎》。世界各国的艺术家无不梦寐以求登录卢浮宫博物馆收藏名录。

卢浮宫法国国家沙龙展始于1861年，迄今已有200多年的历史，是由法国国家美术协会主办的，以其严格的遴选，在欧洲乃至世界最具权威性和影响力。中国及华裔杰出的艺术家徐悲鸿、林风眠、刘海粟、潘玉良、吴冠中、赵无极等人的绘画作品都曾入展。

2005年法国国家沙龙展开幕式于12月15日晚7时，在卢浮宫的卡鲁塞勒展厅举行。来自世界各地艺术家的600幅作品，经过严格的预选程序参展。法国国家美术协会、卢浮宫法国国家沙龙展组委会、各国驻法使馆文化参赞、各地艺术家代表团和3000多名观众参加了开幕。法国国家沙龙主席弗朗索娃·贝勒克致开幕词。中国驻法国大使馆文化参赞侯湘华女士出席仪式并讲话。她介绍了中国画家的作品。法国国家沙龙展组委会宣布，薛林兴先生的作品《贵妃醉酒》以雍容华贵的形象、优雅超凡的仪态、美轮美奂的神韵征服评委，荣获本届沙龙展特别奖，特向他颁发由秘书长皮埃尔·亨利、主席弗朗索娃·贝勒克、沙龙展总监尼塞特·德尼丝亲笔签名的获奖证书。沙龙展艺术总监德尼丝女士评论说："具有东方神韵的大唐贵妃与希腊美神维纳斯在卢浮宫相逢，具有非凡的意义。"

卢浮宫沙龙展上，总部设于香港，在纽约、洛杉矶、旧金山、多伦多、温哥华、卡加利、伦敦、巴黎、悉尼设有9个国际分社，发行覆盖全球的中文报纸《星岛日报》记者对薛林兴进行采访时问道："您对被载入已有许多世界级大师名字的法国沙龙史册，有何感想？"薛林兴从容地回答说："作为中国一位在绘画领域奋斗了几十年的我，能有幸载入已有罗丹、卢梭、马蒂斯、达·芬奇等艺术大师名字的法国沙龙登录簿，无疑是异常兴奋与激动的。这些大师们都是我无比崇敬的先贤。同时我也知道，一些没有机缘入选法国国家沙龙展的中国艺术大师齐白石、黄宾虹、潘天寿等，他们的名字同样闪耀着光辉，还有全球无数付出心血的艺术家们，也令我敬佩。在此，我向他们致以崇高的敬意！"

人们可能要问，薛林兴有着何等高深的家教和艺术的渊源，得以登上世界画坛的最高峰？

应当说，这是一个传奇！

在吉林

1951年，薛林兴生于山东省青岛市胶南琅琊台冯家滩村一个地主家庭，兄妹三人，林兴是长子。在讲成分、论阶级的年代里，薛家是农村社会的末等人，父母没有说话的权利，只有低声下气、

《贵妃醉酒》（薛林兴作）

服从管制的义务，没有人格尊严，形同被压在岩石下的草根。父亲白天干活，夜晚叹息；母亲终日郁郁寡欢，为三个孩子的前途担忧，一心劝丈夫逃离苦海。1958年，薛父只身一人，背井离乡，到东北寻觅活路，经过千里跋涉，落脚在吉林省长白山区的浑江东岗，在一家胶化厂当了工人。两年后，薛父往家中带信说，你们来吧，这里的黑土地完全可以养活我们。1960年夏，薛母背着林兴的妹妹，手拉着林兴的弟弟，身后跟着9岁的林兴，从青岛上轮船，在海上漂了一天一夜到了大连，然后搭乘汽车，越过辽宁省界，向吉林的浑江来了。一路上，母亲把极少的食物分给三个孩子吃，自己忍饥挨饿。她言传身教，把坚韧的品格灌输到林兴幼小的心中。

草根移栽，有了活路，林兴也上学了。假期中，他和弟弟一起卖冰棍，看小人书，临摹小人书上的画。上中学时，老师安排他办黑板报，他画了一幅毛主席像，由于画得像，因而赢得"小画家"的称号。从此，他对画画产生了浓厚的兴趣，竟背着父母到自家菜地刨了一袋土豆，拎着到浑江市当地的知名画家高润川家拜师学画。"文化大革命"中，学校停课，正上高中的薛林兴中止了学业，父亲让他去学木工。第二年，20岁的薛林兴交上好运，在浑江市的砟子镇粮库参加工作，当了木工。在粮库，"小木工"不忘画画。他用心观察思索，创作了一幅《日进万吨粮》的作品，正合当时全国广泛宣传的"深挖洞，广积粮，不称霸"的时代主旋律，由浑江市上报参加吉林省美展，荣获一等奖。这一年，"小木匠"薛林兴刚刚23岁。

获省级大奖，激发了青年薛林兴的进取心。他主动报名参加了地区首府通化市举办的美术培训班。在圆满完成粮库木工工作的同时，他一心扑在学习绘画上。他会画画，又会木工活，热情肯干，人缘又好，深得领导和职工们的喜爱。粉碎"四人帮"后，1977年恢复高考。这时，薛林兴的双胞胎女儿已快两岁了。照说，在单位工作不错，人缘又好，况且已有了妻室儿女，应当踏踏实实、安分生活了，薛林兴却不。他力排各种劝解和阻拦，坚决报名高考。两个多月，他挤一切时间，聚精会神，复习功课，如期参加了高考。一个多月后，他收到了东北师范大学美术系的录取通知书。手捧录取通知书，他激动得热泪直流。

薛林兴神气地从草根中挺立起来了。历经贫寒的磨炼，牢记底层的苦境，他初步懂得了社会与人生。从乡镇走进大城市长春，满眼望去，高楼大厦、宽阔街道、百货商场等，但在他心中这一切竟如过眼烟云。他入脑入心的是美术专业，是美术理论的学习，特别是人体写生的实践。大学的美术课程，使他从业余步入专业，真正开始了对美术专业，对仕女画的系统学习。

大学的人体写生课给他留下的印象最深。课堂上，当全裸女模的胴体展现出来，老师便对其纤腰、秀腿、玉臂、酥胸等部位进行写生提示，一种神圣的氛围沐浴着画室，调整画具后，写生开始。经过多次女人体模特的写生，薛林兴认识到，在任何一名模特的身上，你都可以发现真实的美。这种效果是凭想象所无法达到的。上大三时，苏联某歌舞团前来长春演出芭蕾舞剧《天鹅湖》，演出六场，薛林兴看了六场。为了买票，他每天只吃一顿饭；为了加深记忆，他每晚看完演出后就直奔教室画各种形体的"天鹅"。美丽的"天鹅"常常陪他进入梦乡。这种种机遇在浑江是难得的。更难得的，是他有机会进入吉林省图书馆的小阅览室。在这里，他第一次看到了安格尔的《泉》，邦纳尔的"女人体"，莫罗的《舞女》和匪鲁别的《天鹅公主》。大师们的作品，为薛林兴打开了视野，展示了仕女画创作的奥秘。对照女模全裸写生课和西方大师们的杰作，薛林兴明显感觉到，中国仕女画源远流长，经典杰作代代不绝。如晋代顾恺之《洛神赋图》，唐代周昉《簪花仕女图》、张萱《虢国夫人游春图》和《捣练图》，南唐顾闳中《韩熙载夜宴图》和周文矩《宫中图卷》，明唐寅《孟蜀宫妓图》和吴伟《美人图》，清禹之鼎《乔元之三好图》和任熊《瑶宫秋扇图》，等等，但和西方绘画相比较，这些杰出的绘画作品，多重视仕女面部、服饰的刻画，而回避对其胸部、腰部、臀部和人体曲线的描绘，模糊了中国古代女性的健美与性感。这是由中国传统的文化观、审美观所致。我们不能苛求于古人，但随着社会的发展与进步，这种审美观必将被新的时代、新的世纪所抛弃。他心中暗暗立下壮志，中国新仕女画的开宗立派应当由此起步。描绘女性的美丽与健康，张扬女性的端庄与妩媚，是新仕女画派的生命与灵魂。

在延庆

薛林兴 1982 年于东北师范大学美术系毕业，处在人生的岔道口，面临着新的选择。按毕业生分配原则，他应当回家乡浑江师范学校任教，而他的理想却是北京。在一般人看来，家在浑江，浑江师范学校又是家乡的最高学府，不费吹灰之力就端起了铁饭碗，这该多好！但经过四年美术专业本科学习，薛林兴早已超越浑江"小画家"时的眼界。他迫切需要一个更大的平台，一片供他梦想腾飞的蓝天。经过苦苦追求，几乎耗尽心血，他终于挣得一个相对理想的名额，被分配到北京市延庆县 251 厂子弟学校，担任美术教师。

延庆县位于北京市的西北部，距北京市区当时还有 2 个小时的车程。251 厂子弟学校隶属于国家建材总局，是以生产玻璃钢为主的工厂。薛林兴到学校报到后，被安置在一间单独的办公室里，面积虽小，但看书作画很方便。薛林兴高兴极了。暑假过后，他又将妻子和两个女儿接到学校，在两居室的简陋住房里栖身，一家人开始了在延庆县的艰难生活。人们猜也猜不透，一个小小的厂办子弟学校，能给薛林兴带来什么？薛林兴看重的又是

《妈祖巡海图》（薛林兴作）

什么？

1983年春，薛林兴通过表哥的介绍，结识了誉满京华的书法大家沈鹏。二人来来往往，关系日密。初秋时节，薛林兴跟随沈鹏走进中国美术出版社，认识了几位美术名家，其中的老编辑、画家徐希还特意留下了薛林兴的《贵妃醉酒》和《嫦娥奔月》两幅作品，答应为他推荐一下。一周后，正在课堂上课的薛林兴接到一个电话，是燕京书画社打来的，要他携带证件去领画款。原来，徐希将薛林兴的两幅作品交给燕京书画社，销出去了，这让薛林兴喜出望外。此后，薛林兴的作品通过燕京书画社销售数百幅之多。一位湖南画商从燕京书画社买了薛林兴的一幅作品，拿到广交会上，一名外国画商看样后一下子订购了200幅。国内外的书

画市场开始注意到薛林兴的作品。与此同时，薛林兴家的住房开始得到改善，生活水平有了明显的提高。

薛林兴一边上美术课，一边画仕女画，他在国内书画市场走红的风头并未惊动学校。1986年，国家建材总局下属的老干部局举办全系统的书画展，薛林兴以一名职工的身份拿作品《贵妃醉酒》参展。一天，国家建材总局局长林汉雄参观画展，在《贵妃醉酒》画前驻足很久，然后惊异地询问陪同人员：“薛林兴是我们系统的人吗？”陪同人员回答：“是！”林汉雄局长点点头。不久，林汉雄局长即将出访欧美，他要薛林兴给英国首相撒切尔夫人和美国总统乔治·布什各画一幅肖像，参照的是他俩的照片。另外，再画两幅仕女画。薛林兴开始了紧张的创作。他特意为撒切尔夫人的肖像设计了一个有力的握拳的动作，以彰显"铁娘子"的风采。他以凝重的笔墨，着意刻画老布什从容睿智的神韵。画完两幅肖像后，他又创作了两幅仕女画。林汉雄局长访英时，将薛林兴绘制的"铁娘子"的肖像画及一幅《巫山梦》仕女画赠送给撒切尔夫人。见到两幅作品，"铁娘子"凝视良久，称赞不已。不久，身在北京的薛林兴收到英国首相官邸的大札："薛林兴先生，您的作品将权力与博爱融为一体，我非常感激。撒切尔夫人。"林汉雄局长访美时，在白宫将薛林兴绘制的老布什的肖像画及一幅《泪花打梦》的仕女画赠送给老布什，令老布什惊喜有加，亲笔致信身在北京的薛林兴："您的画是不可多得的艺术珍品。我和夫人芭芭拉非常喜爱。"薛林兴的名字，借助西方媒体的宣传，开始在欧美大地风传。

几乎与此同时，法国250年油画展在北京展览馆举行。薛林兴闻讯，喜出望外。欧洲油画是薛林兴大学学习的必修课，但他没有机会近距离观赏法国的大量油画作品。他幸运地走进油画展厅，所见是法国历代艺术家对世界，特别是对女性形体、肌肤细腻逼真的描绘，从中感受到一股强劲的视觉冲击力，受到极大的震撼。他目睹富于创造明快色调效果的提香的作品，长于营造纯洁神圣感的波提切利的作品，注重刻画人物内心世界的伦勃朗的作品，超越现实、展示梦想的达利的作品，这些杰作无不冲击着薛林兴的视觉与心灵。这是薛林兴离开大学之后，受到的一次难以忘怀的法国油画的洗礼！

立足于延庆县251厂子弟学校的小小平台，薛林兴时时感受到国内外艺术信息动态的脉搏跳动，他不断扩展自己的艺术视野，从而升华为一种精神与心灵上的新艺术观。他的艺术之路越走越宽广。这一切都是边城浑江无法提供的。薛林兴庆幸自己大学毕业时于十字路口的坚定抉择。至此，薛林兴于大学毕业时对人生与艺术高瞻远瞩的目光露出了端倪。

在日本

　　还是在延庆县 251 厂子弟学校任教时的 1988 年。初春的某个午后，薛林兴应北京市朝阳区德胜门外涉外的回龙观饭店之邀，创作一幅《大唐贵妃图》。正在薛林兴聚精会神作画时，一位日本友人悄悄来到他的身后观看。良久，薛林兴才发现他正在看自己作画。于是，薛林兴停下画笔，两人攀谈起来。此人名叫岩崎昭弥，是日本岐阜县社会党委员长，岩崎向薛林兴提出买 4 幅画，薛林兴答应一周后完成。六天后，薛林兴如约派人将 4 幅画送到岩崎昭弥先生下榻的宾馆，岩崎当场支付画款 5 万日元。半个月后，岩崎又从日本来信，请薛林兴自选 10 幅作品寄日本。二十天后，又有 12 万日元从日本寄到薛林兴的名下。薛林兴感到自己的作品已经得到日本国民的初步认可。事隔不久，薛林兴果然又接到岩崎昭弥的来信，请求立即再寄 20 幅作品，同时告诉他，日本岐阜县近铁画廊秋天将为他举办"薛林兴作品展"，费用由近铁画廊支付，盛邀薛林兴光临。东瀛画廊热情招手，这件过去从不敢想的事，如今真真切切发生了，这自然给薛林兴带来巨大的心灵慰藉。入夏，薛林兴携夫人马淑荣飞抵日本，画展获得圆满成功，全部展品售罄。画展结束后，在岩崎昭弥的引见下，薛林兴参加了日本的一些社会活动。这些活动中，他婉拒 100 万日元的酬金，谢绝为有着侵华历史的岐阜县自民党委员长画像，彰显了中华民族的气节与尊严；同时又为日本社会党委员长土井多贺子精心画像，并前往东京拜会了土井多贺子委员长。拜会次日，日本《朝日新闻》将土井多贺子会见薛林兴的合影照片刊登出来，并报道说："中国著名肖像画家薛林兴先生继为英国首相撒切尔夫人、孙中山先生夫人宋庆龄女士作肖像后，土井多贺子是第三位被他画像的世界杰出女性。"（注：薛林兴未曾为宋庆龄女士画过像）报道扩大了薛林兴在日本的知名度和影响力。这次东瀛之行，给薛林兴留下了美好印象。他深深感到，日本是中国一衣带水的邻邦，两国交往具有悠久的历史。虽然日本军国主义曾将中华民族浸入血泊，将中国人民推入苦难的深渊，但两国人民之间始终保持着密切友好的联系。在文化艺术上，发达的日本已成为观望世界艺术潮流的窗口，是传播华夏文化、借鉴日本艺术的最好课堂。薛林兴计划方便时再访日本。

1991年年初，薛林兴应日本名古屋七彩美术株式会社举办"薛林兴画展"的邀请，再次踏上日本的土地。与第一次纯画展活动不同，这次是旅居日本。从1991年至1994年的四年间，薛林兴全家旅居日本。

旅居日本的薛林兴，在中日友人的推介下，1991年于名古屋应邀参加海部俊树从首相任上退位而举办的"诚树会"，次年又在东京海部俊树会所再度相会。1992年2月14日，薛林兴受到日本首相宫泽喜一在官邸的接见。接见中，外交官出身的宫泽喜一问："薛先生，您认为中国和日本哪个国家更美丽？"薛林兴灵机一动，从容回答："日本很美丽，就像一个漂亮的盆景；而中国地大物博，像巍峨的泰山。"宫泽首相听了一惊，点头称是。次日，日本《读卖新闻》做了如实报道。薛林兴巧对宫泽首相的故事，在日本传为佳话。薛林兴的仕女画和才思人品赢得日本人民的好感。

尽管薛林兴"外交官"的才华受到好评，但他一刻也没有忘记自己是一名中国的画家，旅居日本的主要目的是通过举办画展，通过与日本画家的交流，了解世界画坛的走向，吸纳日本的绘画技巧，提升自己的绘画水平。旅居期间，薛林兴在名古屋七彩美术株式会社、东京涉谷美术馆和大丸画廊先后举办了九次个人画展。其中为庆祝1992年中日邦交正常化20周年而在东京顶级的大丸画廊举办的"薛林兴绘画作品展"最为隆重而热烈。画展在中国驻日本大使馆文化部和日本每日新闻社的鼎力支持下举办。日本各界赠送的花篮如美女云集，在展览大厅外整齐排列。其中最为引人注目的是中国驻日大使馆和日本皇后美智子赠送的花篮。日本影视歌星联合组成迎宾团，迎接每位参展的贵宾。当天展厅的多半作品被挂上"售出"的红色标志。日本画家森下寿纪在展厅留言："画作形象清纯，体态优美，线条流畅，东方美神在中国！"画展取得极大的成功和轰动效应。

旅日期间，除举办画展外，薛林兴还拜会了日本著名画家平山郁夫、加山又造等，与他们进行面对面的绘画艺术交流。平山郁夫说："社会发展到今天，明朗、欢快、热情、文明成为人们心中的宠爱，色彩强烈的视觉冲击力大才能体现出时代的特色。"平山郁夫的高论，如同刻在薛林兴的心扉。薛林兴经历了一次次美术理念的陶冶，艺术思维不断展开，艺术之路越走越宽广。

在北京

1995年，薛林兴结束了旅日的生活，一家人回到了阔别四年之久的祖国。伴随着鲜花和掌声，他创办了国内第一家私立高等美术学府——北京林兴美术学院。他清醒地意识到，中国新仕女画派的确立，单靠他一个人或者几个人的力量是远远不够的，必须兴办美术教育，培育新人。他亲自教学，直接管理，呕心沥血，事必躬亲，不断激励学生们刻苦奋进。忙完一天的教学，夜深人静，他总结新仕女画创作的理论与实践，吐故纳新，与时俱进，不断攀登新仕女画创作的高峰。

旅居日本归来，重新生活在北京，对照比较，更让薛林兴不由生发新的感慨：虽然日本经济发达，文化繁荣，但作为一名中国画家，生活在日本，心头不免常常萦绕着寄人篱下的感觉。自己根在祖国，祖国才是自己真正的家。祖国首都北京，永远为儿女们成长成名、走向世界亮着绿灯。

　　1999年春,薛林兴接到中央美术学院姚治华教授的电话,告知他今年联合国将举办世界和平艺术大展,并推荐他参加。姚先生还把联系方式和作品邮寄的地点告诉了薛林兴。参展作品需要寄到吉林省延吉市文化馆。薛林兴一时产生了疑虑,如此大展作品为何寄到小小延吉市的文化馆?后来,他还是按通知要求将作品《奔月》寄至延吉。半年后,薛林兴接到通知,《奔月》荣获联合国"国际文化学术奖"和"世界和平艺术大展金奖",并要他到韩国汉城(今首尔)领奖。原来联合国新闻社的驻地在韩国首都汉城。中国的参赛作品需在延吉市集中后运至韩国汉城。最后,大展在汉城颁奖。在汉城领奖期间,薛林兴收到联合国秘书长安南的亲笔信:"薛林兴先生,您在此次大展中荣获金奖,我谨向您表示最诚挚的祝贺!"颁奖的世界和平教育协会主席查尔斯于工作之余,转达了安南想请薛林兴为之画一幅肖像画的心愿,薛林兴当即应允。2000年,薛林兴将为联合国秘书长安南所画的肖像寄往纽约联合国总部。不久,这幅画像赫然刊登在联合国新闻的头版,作品将安南的气质与神采表达得淋漓尽致。安南十分满意。

　　2004年,薛林兴的作品《飞天》再获美国总统杯金奖。而这次在获奖证书上签字的却是老布什的儿子——时任美国总统的小布什。薛林兴的作品倾倒美国父子两代总统,再传佳话。

　　作为中国美术家协会会员的薛林兴,2005年年初接到中国美术家协会的通知,让他准备前往巴黎,去参加法国国家沙龙展。薛林兴按通知要求,将八年前创作的一幅《贵妃醉酒》寄往法国巴黎参加预选,结果如前所述,在卢浮宫上演了"中国的神话"。

　　连连荣获大奖的薛林兴并未停止前进的步伐,2007年他创作的大型仕女画《妈祖巡海图》被全国政协办公厅收藏,5月19日被悬挂于全国政协贵宾厅。2012年,他和女儿海鹰共同创作完成了大型绘画作品《和平美神》(1000cm×180cm)。画面上,明媚

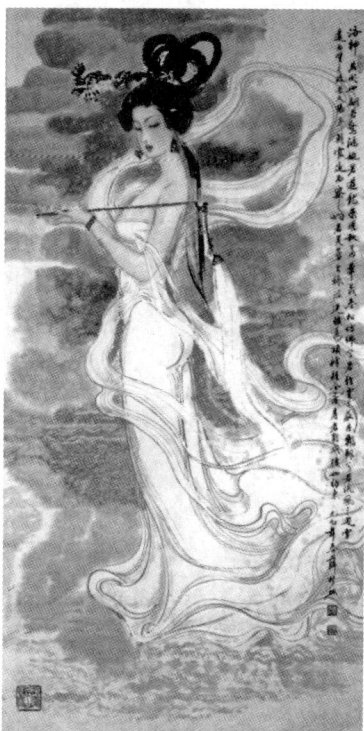

《洛神》（薛林兴作）

宁静的蔚蓝天空中，身着绚丽多彩衣裙的黄、白、黑三位圣洁女性，或放飞和平鸽，或手持橄榄枝，或手托婴儿，在和平鸽、牡丹花祥和、富贵的氛围中，祈祷世界和平。法国前总理让·拉法兰、英国前首相托·布莱尔、希腊总理康·西米蒂斯、塞拉利昂总统科罗马、布隆迪副总统热·鲁菲基里、桑给巴尔总统沙·阿·琼马等一一在《和平美神》画上题写和平祝词，给予赞美。这幅杰作，标志着薛林兴的新仕女画，无论思想内容和艺术形式又有了开拓与创新。

原载 2014 年第 5 期《名人传记》

五官端正

　　由十几年前劳动日值不足八角钱的"难街村"，神话般成为现在拥有 26 个企业的大集团公司，一个雄踞豫南、享誉中外的"红色亿元村""文明村"。全村产值，1995 年 12 个亿，1996 年 15 个亿，1997 年 16 个亿，1998 年竟然要向 20 个亿冲刺。谜呀，真是个不可思议的谜！我被一种好奇心驱使着，要揭南街村谜底的意念在胸中猛烈地撞击，似一头活蹦乱跳的小鹿，撞得人心不安。不行，我非探个究竟不可！

　　汽车在宽阔平坦的 107 国道上飞驰，冒着七月流火的酷暑，我们来到了都市一般的南街村。几经询问，几处寻找，终于在南街村南德啤酒厂的生产车间里找到了他。

　　一个中等个头的中年人，汗流浃背地站在我们面前，敦敦实实，让人感到他浑身辐射出一股沉稳坚毅的力量；憨厚的微笑，粗壮的臂膀，像电影特写镜头，把一个河南农民企业家的气质神韵表达得淋漓尽致。

　　听我们说明来意后，他语气缓慢地说："少谈我个人吧，个人的能量很有限。天太热，你们先歇歇。然后转转看看，多找村上的老少爷们唠唠。晚上我到宾馆去看你们，咱们再谈。"看得出，他很忙，因为正值盛夏，南德啤酒供不应求。

回到下榻的南街宾馆，在房间里，我们不经意地和一位女服务员聊上了。姑娘热情洋溢，心直口快，是土生土长的南街村人。聊着聊着，她突然忽闪着一对大眼睛，神秘地问："我们的好班长，你们说人长得咋样？"

这个问题问得让人感觉突然，我只有顺口回答："棒，阳刚气十足！"

"那为啥阳刚气十足呢？"姑娘盯着我问，我笑而不语，实话实说，我真不知道该如何回答。"告诉你吧，那是因为他的'五官端正'！"姑娘自己回答。我更摸不着头脑了，一脸迷惘。

"想听吗？"姑娘似乎不需要我表态，"挺有意思的，来，我说给你们听！"

"我们好班长的'五官端正'是：嘴不歪、眼不斜、耳不偏、手不长、腿不短。

"嘴不歪：他评说人和事一是一，二是二；是则是，非则非；成绩不夸大，缺点不缩小；实事求是，好说大实话。

"眼不斜：他看人看事客观、公正、全面，从不斜看人、小看人，办事公道正派。

"耳不偏：他不偏听偏信，坚持既听表扬，又听批评；既听领导的，又听群众的。耳听八方，心明眼亮。

"手不长：他廉洁奉公，从不伸手要官、要权、要名、要利，不占公家一分钱的便宜。

"腿不短：他经常深入田间、车间。哪里有困难，就到哪里去。腿勤快，解决问题快。"

听着听着，我吃惊了："姑娘，这是你总结的？"

"不，"姑娘自豪地说，"这是我们南街村党委一班人的'座右铭'。《南街村报》上登过。'班长'是带头人，当然'五官'最端正。"

我心悦诚服地点着头。"难街村"一跃而成红色亿元村，原因

南街村的毛主席塑像

固然很多，而最核心的恐怕就在这儿。

晚上，当南街村华灯齐放的时候，王洪彬来到我们房间了。他穿着洁白的短袖衬衫，在柔和的灯光下，他的脸上放着红光。我特别注意他的面孔、他的五官，真的端端正正，看上去是那么协调、那么富有阳刚美！一种强烈的人格魅力征服了我。

我们由"五官端正"打开了话匣子，话语像线团，越扯越长。

末了，王洪彬总结似的说："你滚在老百姓中间，老百姓就向你掏心里话。你得了群众的真心话，做决策，办事情，才能定一摊，成一摊。南街村今天的万贯家业，就是这么一摊一摊积累起来的。"

呵，看到了，在河南省临颍县的南街村，我看到了：堂堂正正钢铁汉，风风火火一儿男。

写于 1998 年 7 月

茅惠芳和我们打官司

我曾在《常回头看看》的短文中写道:"人总要向前看,往前走。但'常回头看看',由于时空的变迁和角色的转换,对如烟往事,或许你会有新的惊喜发现,顿时醒悟,从而深化你对社会的洞察,触摸到人生的真谛。"十多年前,"茅惠芳和我们打官司"的故事,就让我经常回味,并感触良多。

大名鼎鼎的茅惠芳,是"文化大革命"中上海芭蕾舞团一位红遍中国的芭蕾舞明星。她曾因在家喻户晓的芭蕾舞剧《白毛女》中扮演喜儿而一鸣惊人。1978年,茅惠芳与在复旦大学读书的沈维滇结为夫妻。婚后生子,后来重返舞台,又在《吉赛尔》《蝶双飞》《苗岭风雷》《雷雨》和《春江花月夜》中表现优秀,荣任上海市第五届政协常委。1984年8月,茅惠芳赴美为夫伴读,并加入美籍,应聘在底特律维思大学芭蕾舞系任教,后被提升为芭蕾艺术系主任,担任底特律地区华人协会的艺术顾问。

"我们"方是一支长长的队伍,其中包括重庆作家罗××,河南文艺出版社、福建日报社、福建之窗网络信息有限公司、湖南日报社、关东周报社(吉林)、法制日报社(北京)、大时代文摘报社(广州)、长江日报社(武汉)、新闻出版报社(北京)、山西日报社等 11 个自然人和法人。

2000 年 7 月 18 日, 茅惠芳一纸诉状将上述 11 个自然人和法人告上法庭。

这到底是为什么呢？

事情还得从头说起。

2000 年 1 月 31 日, 一篇署名罗 × ×、题为《茅惠芳"文革"沉浮录》的自由来稿寄达了河南文艺出版社《名人传记》编辑部。作为责任编辑, 我阅后认为, 此文写得不错, 文笔流畅, 有一定的可读性, 但有些提法不妥。于是, 我在文稿中删去了"从北京来的一位大首长""中央首长""官妓"等词语。然后, 提交陈杰复审、杨东军终审。陈杰提出,"此文会不会涉及名誉权引发官司, 需找作者再核实一下"; 杨东军提出,"此文应报送省委宣传部审定后发表"。根据复审和终审的意见, 我即打长途电话向作者进行核实。罗 × × 答称:"此文内容, 真实无误。我有充分的根据和大量材料, 不怕茅惠芳反驳。同时, 茅惠芳早已去了美国, 她现在根本不在上海。"根据与作者通话的情况, 责编、复审、终审再次研究认为, 既然作者对传主这么了解, 连茅惠芳早已去了美国他也知道, 我们无法与茅惠芳直接核实, 于是就在 2000 年第 6 期《名人传记》上以《"喜儿"茅惠芳浮沉录》发表了。

2000 年 6 月 16 日, 突然收到茅惠芳委托的上海市友林律师事务所陈申、段新军的律师函, 称: 贵社出版的《名人传记》2000 年第 6 期刊登的纪实性文章《"喜儿"茅惠芳浮沉录》, 使用了我方当事人的真实姓名, 凭空捏造事实, 无中生有, 运用极其下流的情节和侮辱性的语言对其进行恶意中伤和诽谤, 贬损其人格, 严重侵害了其名誉权。贵社对该文审查不严致使文章得以发表, 亦应对我方当事人名誉权受侵害承担相应侵权责任。

当日上午,《名人传记》编辑部研究后立即将作者罗 × × 的地址和联系方式在电话中告知了茅惠芳委托的两位律师, 同时将律师函的大体内容电话告知了重庆作者罗××。

2000年7月14日，《名人传记》编辑部收到罗××《关于〈茅慧芳"文革"沉浮录〉一文的情况说明》的长信。信用A4型纸，正反两面打印，共6页，12000字。信中开门见山地说："接到贵刊的电话……我感到十分意外。""本人在此郑重声明：文章中所涉及的有关茅惠芳的种种事实，绝非空穴来风，而是有充分的书证为据。"所谓的"书证"即四川文艺出版社于1986年出版的《疯狂的上海》，全书32万字，印数10万册。罗××在摘录书中九个段落后理直气壮地说："如果说《疯狂的上海》是一座冰山，那么，我的短文，不过是露在海面上的一抹峰尖；如果说《疯狂的上海》是一棵大树，我的短文仅仅是从树上摘下的一片树叶。"

事隔四天，即2000年7月18日，《名人传记》编辑部收到茅惠芳的民事诉状将上述的"我们"告上上海市第一中级人民法院的法庭。茅惠芳诉讼请求：判令被告公开在全国性报刊向原告赔礼道歉，消除影响；判令被告赔偿原告精神和经济损失总计人民币132万元。

事实和理由是："该文使用了原告的真实姓名和原告原就读学校、原就职单位以及原告曾在芭蕾舞剧《白毛女》中扮演'喜儿'角色等广为人知的背景情况，杜撰了所谓原告'利用美貌和名气，与康生、张春桥等人勾搭，从戏剧舞台跳上政治舞台，最后又从政治舞台跳进监狱'的虚假故事。文中，被告使用大量侮辱性语言，并以大量篇幅虚构原告的心理活动，捏造了极其庸俗下流的荒诞情节，将原告诋毁为一个利用美色不择手段获取政治利益的道德败坏的人物。""社会上对原告的各种谣传和议论纷至沓来，使原告在社会公众中的形象和声誉受到了极为严重的毁损和伤害，给原告及其亲属带来了难以形容的精神创伤和痛苦，其原本平静的生活亦因此受到了严重破坏。""已构成对原告名誉权的严重侵害，特向贵院提起诉讼。"直到此时，我们方知，福建日报社主办的《每周文摘》、福建之窗网络信息有限公司主办的"福建之窗"、湖南日报社主办的《文萃周报》、大时代文摘报社主办的《大时代文摘》、长江日报社主办的《文化报》、新闻出版报社主办的《中华周末报》、《广州日报》等多家报刊转载了《"喜儿"茅惠芳浮沉录》一文。这些媒体转载此文，我刊毫不知情。二十二天后即 8 月 9 日，《名人传记》编辑部正式收到上海市第一中级人民法院的立案函。

　　眼看一场官司不可避免地迎面扑来，2000 年 6 月 27 日，河南文艺出版社领导班子经过研究，由社长杨贵才签发委托书，委托我社法律顾问、郑州市思远律师事务所主任李强和时任《名人传记》编辑部主任宋瑞祥代表河南文艺出版社出庭，全权处理关于茅惠芳名誉侵权案的一切事宜。

　　在《名人传记》编辑部，我见到了李强。看上去，他刚过不惑之年，一米八高的个头，英俊、沉稳，炯炯有神的双眼，透出睿智、果敢的目光。他自我介绍毕业于中国政法大学双学士班，获法学学士学位，从事律师工作十多年，已有代理过近百起各种

芭蕾舞剧《白毛女》剧照

案件的经历。他话语不多，但听上去思维清晰，逻辑性强。他仔细听了我对案件的介绍后，理出思路，胸有成竹地说："好，宋老师，我们一起来打这场官司！"

在河南文艺出版社领导的具体指导下，《名人传记》编辑部和李强律师研究认为，当前，首先要做好两件事：第一件事，我们以真诚的态度和负责任的精神，根据《名人传记》的出版发稿时间，以最快速度在 2000 年第 10 期上以"来函照登"的形式加围全文刊发上海市友林律师事务所的律师函，同时刊登"本刊郑重声明：接上海市友林律师事务所函，特声明：第 6 期上刊登的《"喜儿"茅惠芳浮沉录》一文，任何媒体不得转载。我刊对因该文给茅惠芳女士名誉造成的不良影响表示真诚的歉意，届时将澄清事实，消除影响"。第二件事，我们认真研究并依据法律，由李强律师执笔拟定文稿，对案件的管辖权提出异议申请。申请说：

《中华人民共和国民事诉讼法》第二十九条规定："因侵权行为提起的诉讼，由侵权行为地或者被告住所地人民法院管辖。"最高人民法院《关于适用〈中华人民共和国民事诉讼法〉若干问题的意见》第二十八条规定："侵权行为地包括侵权行为实施地、侵权结果发生地。"对此原告有选择的权利。具体到本案来说，侵权结果发生地应是侵权行为主要的、直接产生的结果发生地，不能仅因茅惠芳是通过上海的亲友了解该文就认为上海是侵权结果发生地。

最高人民法院法释〔1998〕26 号《关于审理名誉权案件若干问题的解释》一文对名誉权案件如何确定侵权结果发生地的批复中明确指出："人民法院受理这类案件时，受侵权的公民、法人和其他组织的住所地，可以认定为侵权结果发生地。"关于住所地，最高人民法院在《关于适用〈中华人民共和国民事诉讼法〉若干问题的意见》中第四条指出："公民的住所地是指公民的户籍所在地。"而本案原告人茅惠芳是美国公民，依据《中华人民共和国出入境管理法实施细则》第七条之规定，茅惠芳从 1984 年出国定居时起就已失去上海市的户籍，何况其现为美国公民。根据此批复，作为原告原住所地的上海市，不能认定为侵权结果的发生地。

我国《民法通则》第一百四十六条规定："侵权行为的损害赔偿，适用侵权行为地的法律。"本案为涉外案件，假如构成侵权，侵权行为地在中国，故应适用中国法律。

2000 年 10 月 10 日，上海市第一中级人民法院以"原告茅惠芳虽在美国定居，但其曾长期在上海居住工作，其亲友、同事也主要在上海"为由，驳回我社对本案管辖权提出的异议。

2000 年 11 月 2 日，我社又向上海市高级人民法院提出上诉，要求撤销上海市第一中级人民法院的民事裁定，将本案移送至郑州市中级人民法院审理。理由依然是："最高人民法院在法释（1998）26 号《关于审理名誉权案件若干问题的解释》一文中明确指出：'人民法院受理这类案件时，受侵权的公民、法人和其他组织的住所地，可以认定为侵权结果发生地。'最高人民法院在《关于适用〈中华人民共和国民事诉讼法〉若干问题的意见》中第四条指出：'公民的住所地是指公民的户籍所在地……'即公民的户籍所在地为侵权结果发生地。茅惠芳 1984 年出国定居即失去上海市的户籍，成为美国公民。故上海市第一中级人民法院以茅惠芳曾长期在上海居住工作，其亲友、同事也主要在上海而裁定上海市为侵权结果发生地无法律依据，不能成立。由于中、美两国法律不一致，根据国家主权原则，本案应由侵权行为实施地的河南省郑州市中级人民法院管辖并适用中华人民共和国法律。"

2001 年 1 月 21 日，上海市高级人民法院（2001）沪高民终字第 4 号民事裁定书仍以"茅惠芳通过其上海的亲友了解到该文章，其亲友、同事也主要在上海，因此上海可视为侵权结果地"为由，"驳回上诉，维持原裁定。本裁定系终审裁定"。

2001 年 2 月 5 日，李强律师又拟好向中华人民共和国最高人民法院的申诉状，摘要如下：

申诉人因不服上海市高级人民法院（2001）沪高民终字第 4 号民事裁定书关于管辖权的裁定，现提出申诉。

申诉请求：

1. 撤销上海市高级人民法院（2001）沪高民终字第 4 号民事裁定书。

2. 依法将本案移送至被告罗××或河南文艺出版社住所地中级人民法院审理。

申诉理由：

茅惠芳诉申诉人名誉权一案，上海市高级人民法院（2001）沪高民终字第 4 号民事裁定书以茅惠芳是通过上海的亲友了解到《"喜儿"茅惠芳浮沉录》一文，其亲友、同事也主要在上海，因此上海可视为侵权结果地为由，驳回了申诉人对管辖权异议的上诉。上海市高级人民法院对本案管辖权异议的裁定，申诉人认为违背我国法律有关管辖权的规定。该裁定书确认上海市为侵权结果地的理由没有法律依据。

…………

胳膊肘儿哪能别过大腿。这一申诉状经反复推敲评估，最后胎死腹中。

当时我不解地问："李强律师，为侵权结果地的认定，我们前后两次向上海市第一中级人民法院和上海市高级人民法院提出上诉，现又准备向全国最高人民法院申诉，这是为什么？"

李强律师说："这涉及司法的程序问题。司法的公正首先就体现在程序的合法公正上。如果程序偏离法律，那就很难保障司法的公正。本案中十一家被告没有一家被告住所地在上海市。原告茅惠芳早在 1984 年即失去上海市的户籍，成为美籍华裔，法院

47

仍旧以茅惠芳曾经在上海居住过和从上海亲友那里得知文章信息为由，认定上海市为侵权结果发生地。依据法律规定，上海市既不是侵权行为地，也不是被侵权公民的户籍所在地。因此应适用民事诉讼'原告就被告'的原则处理，即原告人到被告人住所地人民法院起诉。两审法院驳回河南文艺出版社关于管辖异议裁定的理由没有法律依据。为了争取本案司法程序的合法公正，我们才如此据理力争。"

2001年8月12日，《名人传记》编辑部收到上海市第一中级人民法院的传票，告知此案定于8月17日上午9时30分在上海市虹桥路1200号第五法庭开庭审理。

受河南文艺出版社社长杨贵才的委托，我和李强律师于2001年8月16日赶赴上海。17日上午9时，我俩走进位于上海市虹桥路1200号的第一中级人民法院第五法庭，坐在第二被告席的位子上。第五法庭并不太大，在主审法官、陪审法官和书记员的席位下，右方是原告席，左方是被告席。审判长席的正对面是旁听席。9时20分，原告茅惠芳和她的两位律师进入法庭。其中一律师手拉一辆滑轮小车，车上放着两个旅行包，包里可能是装着打官司的资料。这个异乎寻常的画面告诉人们，两位律师已为原告备足了"真枪实弹"，胜算在握。然后，我将目光转向茅惠芳，只见她上身穿着白色衬衣，下身穿着深蓝色长裤，纯朴而自然。一头短发，衬托出脸蛋的眉清目秀。也许由于从美国飞抵中国的时差尚未调整过来，也许由于多日的焦虑和烦恼，她看上去精神疲惫，面色苍白，远不及银幕舞台上漂亮，但依然气质优雅，楚楚动人。她静静地坐在那儿，既不说话，也不左顾右盼，本分得犹如课堂上一位腼腆的女生。不知为什么，现实与舞台印象上的反差，使我内心对茅惠芳顿生一种无可名状的同情感。我又将目光转向旁听席，发现原可容纳五十多个人的旁听席上，坐着三十多位打扮时髦、气质不凡的男女青壮年。我想，这些可能都是上海芭蕾舞剧院的演员和茅惠芳的亲友。他们今天到来，并非旁听，而是专门为茅惠芳壮胆、作证的。

与原告席两张短桌相映成趣的是，被告席摆放着长长一溜子短桌，肩并肩坐着长长一溜子被告。我无暇统计到庭的被告人数，只特别留意首席被告重庆作者罗××。我当时想，我将亲眼看看这位屡屡声称"不准备请律师"，戏称自己是"单刀赴会法庭秀"的大作家在法庭上的精彩表现！

9时30分到，审判长宣布开庭。首先，由原告宣读诉状和陈述；其次，由被告应诉和陈述。当审判长要首席被告陈述时，罗××声调低沉地宣布"放弃法庭上的辩护权利"，并谴责自己误把小说《疯狂的上海》当作史料，使"清白无辜"的茅惠芳受到伤害，为此感到"深深的自责和内疚"。他说：我的文章侵害了茅惠芳女士的名誉权，对此我表示诚恳的道歉。我是重庆地区的一位作家，爱人是重庆市江津县向阳学校的一位小学教师。我俩以微薄的收入养活着家人。我愿意接受法院的判决。他的陈述令法庭上许多人大吃一惊，因为他早已通过媒体，宣布自己要来一个"法庭秀"。他的表现让人始料不及。这样，被告的应诉只能由我们河南文艺出版社领衔了。

李强律师从容地代表河南文艺出版社陈述，他从两个方面提出自己的代理意见：一、河南文艺出版社不应承担侵害原告人名誉权的民事责任。他说，由于编辑部刊登《"喜儿"茅惠芳浮沉录》（以下简称《浮沉录》）一文时不知道该文属侵权作品，且接原告代理人的律师函后，及时采取了刊登声明、停止发放销售载有《浮沉录》一文的期刊等措施，且未继续刊登《浮沉录》及相关作品，主观上无故意侵害原告名誉权的过错。依据最高人民法院《关于审理名誉权案件若干问题的解答》第九问的司法解释之规定，《名人传记》的主办单位河南文艺出版社不应承担侵害原告人名誉权的民事责任。二、原告人诉请之赔偿数额过高。本代理人认为结合我国精神赔偿"以精神抚慰为主，以物质赔偿为辅"及"适当限制"等原则，对原告人提出的数额做如下修改的建议。……综上所述，被告应赔偿原告精神和经济损失4.38万元，而河南文艺出版社不应承担侵权之责。原告人主张赔偿数额过高不应支持。李强律师的陈述有理有节，赢得诸多被告的热情目光。

审判长问："福建日报社有何陈述？"

答："我们和河南文艺出版社的意见相同。"

审判长问："福建之窗网络信息有限公司有何陈述？"

答："我们和河南文艺出版社的意见相同。"

审判长问："湖南日报社有何陈述？"

答："河南文艺出版社的意见即代表我们的意见。"

审判长接着问大时代文摘报社、长江日报社、广州日报社等法人单位的陈述意见，回答均是"河南文艺出版社的陈述代表了我们的意见"。

吉林日报社主办的《关东周报》、法制日报社主办的《法制文萃报》、山西日报社主办的《生活文摘报》均未到庭。

接着，法庭进入了辩论阶段。辩论的双方是茅惠芳的代理律师陈申、段新军和河南文艺出版社的代理律师李强；辩论的焦点是"何为侵权"。双方各引法律条文，据理力争。但每个回合，李强总以法律适用确切、逻辑严谨略胜一筹。李强辩论的口才和势头，为一蹶不振的被告队伍注入了强力兴奋剂，也引发旁听席上的窃窃私语。

法庭辩论结束后，主审法官宣布休庭，改日宣判。

茅惠芳在亲属和同事的陪伴下，走出了法庭。她的两位律师走到李强律师和我身边，握着我俩的手说："不打不相识啊，我们很愿意和河南的同志交个朋友！相互学习，共同提高！"上海的媒体人抓紧时间采访了首席被告罗××，也有媒体采访了李强律师。被告席中的同人也纷纷围过来，对李强律师说："您是我们被告的一面旗帜！我们即使输了官司，法庭上也赢得了尊严！"

2001 年 8 月 17 日，收到上海市第一中级人民法院的判决书，判决茅惠芳胜诉，重庆作家罗××、河南文艺出版社等十一家被告败诉。判决被告罗××、河南文艺出版社和广州日报社赔偿原告精神和经济损失及诉讼费 23 万余元，其中作者罗××和河南文艺出版社共计赔偿茅惠芳 16 万余元。

李强律师和我不服判决，2001 年 8 月 29 日向上海市高级人民法院提交了《民事上诉状》，摘要如下：

上诉请求：撤销一审判决，发回重审或依法改判上诉人不承担共同侵权之责。

上诉理由：

一、一审判决认定上诉人承担共同侵权之责适用法律错误。

一审判决适用法律错误，表现为认定上诉人与作者罗××承担共同侵权之责适用了失效的司法解释。最高人民法院在 1996 年《关于废止 1979 年至 1989 年间发布的部分司法解释的通知》〔法发（1996）34 号〕文中第 47 序号，明文废止了最高人民法院《关于侵害名誉权案件有关报刊杂志社应否列为被告和如何适用管辖的批复》〔法（民）复（1988）11 号〕。本案的管辖应在上诉人住所地人民法院而非上海市一中院。

由于上诉人所属《名人传记》杂志所刊登的文章属文学艺术类中的传记文学作品，故认定上诉人是否承担侵权之责应适用最高人民法院《关于审理名誉权案件若干问题的解答》〔法发（1993）15 号〕第九问的规定进行判断，即"编辑出版单位在作品已认定为侵害他人名誉权或被告知明显属于侵害他人名誉权后，刊登声明清除影响或采取其他补救措施，拒不刊登声明，不采取其他补救措施，或继续刊登、出版侵权作品的，应认为侵权"。反之，尽了消除影响的义务，就不应认定为侵权。望二审法院依法纠正一审判决适用法律的错误。

二、一审判决认定《关东周报》《法制文萃报》《生活文摘报》转载上诉人所属《名人传记》杂志上的文章与事实不符。

吉林日报社主办的《关东周报》2000年6月12日第6版上刊登了胡晓虹的文章《康生与"喜儿"茅惠芳》，随后法制日报社主办的《法制文萃报》2000年6月19日第12版、山西日报社主办的《生活文摘报》2000年6月27日第3版分别转载了《关东周报》上的文章，所以一审判决认定上述三家报刊转载《名人传记》的文章没有事实依据。（上述三家报刊一审均未出庭）

三、一审判决案件受理费的承担有误。

…………

"识时务者为俊杰。"这一民事上诉状，再次胎死腹中。

孙玉国的人生

风云突变，沧海桑田。人的一生，有时似置身汪洋大海中，时而被波涛推向潮头浪尖，风光无限；时而又被海浪迫入谷底深渊，葬身大海。孙玉国的命运，颇有这种味道。

20 世纪 60 年代中期，英俊挺拔的孙玉国参军入伍，来到中国与苏联交界的乌苏里江江心小岛珍宝岛边防站，从大兵升至副站长。1968 年金秋，经人介绍，他和幼儿师范毕业生、能歌善舞、娇小美丽的孙国珍结了婚。蜜月尚未度完，孙玉国便匆匆离家返回边防站，孙国珍回到娘家，二人开始了艰难的两地生活。谁知中苏关系恶化，珍宝岛发生交火并成为世界关注的焦点。在家乡的孙国珍不知道孙玉国是活是死，天天揪心如焚。1969 年 4 月 1 日，孙国珍打开收音机，从中央人民广播电台播送的中共"九大"代表的名单里听到孙玉国的名字，疑为重名，第二天看报纸才得以确认，果然是自己的丈夫孙玉国。在中共"九大"的主席台上，孙玉国的手竟然与中国最高统帅毛泽东主席的手握在了一起。他的命运因此发生了奇迹般的变化。他由连级一跃再跃升为沈阳军区副司令员，成为显赫的年轻将领。孙国珍激动之余，想起来这事就像做梦一样。她说，这一切来得太突然，慢慢地，她的生活

孙玉国和妻子孙国珍的结婚照

又恢复了昔日的平静。她还在原单位上班，仍然干着脏活、累活，对丈夫的高官厚禄，心底里看得很淡。日子平稳地过着。

没出几年，林彪叛国出逃的事件发生了。孙玉国因参加林立果策动的"虎班"三个月，一下子由英雄变成了"狗熊"，由功臣变成了罪人。孙玉国被免职、反省、审查、失业……一下子跌入了社会的最底层，落入人生谷底。这时节，倒是娇弱的妻子孙国珍好言相劝："玉国，你对党要忠诚，相信前面会有路。你还有家，有孩子！"孙玉国腾达时，上级有关部门安排孙国珍改做党务工作；孙玉国受审时，孙国珍改做仓库保管员。孙玉国因自己牵连妻子，心中很是内疚、悔恨。孙国珍却含泪含笑着说："玉国，什么工作都要人干。当仓库保管员不是一样干吗？"听妻子一言，孙玉国顿时感到娇弱的国珍要比自己高大、坚强，顿感无比幸福。日子在低调中熬着。

1982 年 11 月 18 日，中央军委总政治部和纪委对孙玉国审查并做出结论，给予党内严重警告处分，按正团职转业地方，被分配到一个兵工厂任副厂长。孙国珍劝他："玉国，你到工厂，就要和工人一样，事事想着大伙儿，该工作就工作，该玩就玩。"孙玉国以身作则，处处带头，危险的地方朝前冲，哪里有困难他就出现在那里。他的模范行动获得工人们的一致好评。1988 年以后，孙玉国的职务不断调动，调到哪儿他都没有怨言，总是努力把工作干好。他从省经贸局出口公司副总经理晋升为东北金城实业总公司副经理，成为经济战线的高级指挥员。

大起大落、大喜大悲之后，孙玉国一家风平浪静，生活幸福。孙玉国回首往事思忖，这可能就是人生。

老赵的书我真爱读

　　像一块浸泡绿禾汁液的黄土，又如一段宽大风干的高粱叶面，一幅小小的插图旁是书法家王澄题写的书名，这便是赵世信《故事乡间》的封面了。没有内容介绍，更无广告语，简简单单的一本书。我捧在手上，脑子中留下一个非同寻常的印象。

　　不经意间，我随手开卷阅读。谁知头一篇《经纪人老捣叔》就"捣"得我拍案惊奇，欲罢不能，46篇故事、16万字的一本书，竟然像看热闹似的，不知不觉就看完了。许多故事，真笑死人，不仅有趣、有味，而且让人联想，发人深思。我在纳闷：如此一本平平常常的小书，赵世信采取何种魔法，勾魂似的吊起读者的胃口？带着这个问题，我再次精心地研读、琢磨、思考，终于明白了个中奥秘：原来赵世信抓住农村题材，通过熟悉的故乡，像剥玉米棒一样，一层层剥去外在的包衣，待露出乡间的"核儿"，即用心描绘抒写，将生活的本色与真谛艺术地呈现在读者面前。由此可见，那个看似简约的封面正是赵世信"绘写本色"文学理念的入口。

　　本色即本来的颜色。它有狭义与广义之分。狭义来说，本色即天然的颜色。人的化妆、美容，食品、药品的添加剂，衣物的

《故事乡间》的封面

赵世信（中）率队下农村

印染，家庭居室装修的涂色，一切人为的颜色均非本色；广义而论，本色即事物的本质。物体的美化，商业的鼓呼，广告的渲染，世俗的甜言蜜语，一切表面的形象和虚假的说词绝非本色。

在《故事乡间》中，赵世信描写的是 20 世纪 70 年代至 21 世纪初豫东乡间的生活场景。平民百姓的喜怒哀乐，个体人生的酸甜苦辣，人类天性的展示，在《故事乡间》中随处皆是。作者使用经过"蒸馏"的农民语言，采取白描速写的文学手法，通过巧妙曲折的故事情节，将人的社会性和私密性，活生生地烘托出来。一个个故事好像就发生在您的身边，一个个人物好像就蹦跳在您的眼前，一个个画面好像就烙在您的脑海，不事雕琢，朴实自然。整本书中，谋篇没有政治色彩，立意扫除世俗气息，道理摒弃说教，心灵打破禁区，字里行间发散着泥土的芳香，凸显着乡间的原汁原味。读后掩卷沉思，眼前似乎是一望无际的原野，只见丛丛簇簇、缤纷斑驳的野花小草，处处昂扬着五光十色的生命，自生自灭，岁岁枯荣，这就是赵世信绘写的乡间本色。

在《故事乡间》里，一个个小人物向你迎面走来；情节离奇，幽默诙谐，篇篇都可拍成电影故事片，篇篇都可改编成让你发笑、给你启迪的相声段子。忆念乡情的《香椿树》《母亲的儿子》《我的两个老师》和《魏姑子林印象》，记录乡音的《二胡王》《唢呐王子》《兰君》和《梵哑铃》，描写人生的《红玫瑰》《梨花女》《三莲》和《芳影轶事》，坦陈人性的《水灵》《私奔》《老顽童》和《保姆阿甲》，还有反映改革的《大傻》《大孬》和《武生》等，无不触动你的神经，激起你的雅兴。赵世信像一位熟练的导游，轻松将读者带进朴拙自然的豫东乡间，打开一个趣味盎然的社会频道。频道中，青春与爱情、人生与人性，常常胶合在一起，真乃千姿百态，形形色色；命运嬗变，悲喜难卜，人物命运让你读着新奇，读后深思。

《故事乡间》中的人物，性格鲜明，活灵活现。如"死蛤蟆能说出尿来""连亲娘老子都敢哄，连油锅里的钱都敢抓"的经纪人"老捣叔"；看着文文静静，腼腼腆腆，一到床上却很野性，入夜从小窗口不时传出她欢快的叫声，乡人谓之"响床"媳妇的"水灵"；翻起筋斗一溜风，从戏曲舞台翻到人生舞台，从乡村翻到国外，一翻就是大半辈子的武生"老扁"；长得漂亮，打扮入时，看着电视，嗑着瓜子，常常发出吓人一跳的评论，喜欢仰脸开怀大笑，最后与村中最顽皮的青年大豹私奔的"柳翠"；拉着卖菜车在集头一出现，立即照亮半条街，身子抖一抖，眼珠子能落一大片的"周家三姊妹"；相亲不敢抬头看，娘说愿意就愿意，结果嫁给一个肿眼泡、瘦削脸、小胡子黑得吓人的男人，新婚之夜被诬"石女"，气得黑夜出逃的"银妮"……一个个人物特立独行，纯朴自然，让人喜，惹人爱。在他们身上打下的是全新的时代烙印。

《故事乡间》清澈透亮，似杯甘露，饮读轻松，而酿造却至为艰辛。这是作者数十年的生活积累和与故乡根脉情结的结果，也是作者创作实践中"删繁就简"审美情趣的结晶。文学来源于生活，高于生活。在赵世信看来，这个"高"不是形式、不是表象上的文字"拔高"，而是在本色、品质上的艺术升华，"视之则锦绘，听之则丝簧"。由此，《故事乡间》绘声绘色，幽默、有趣。

细读你还会发现，《故事乡间》时而露出作者创作的玄机。比如，《三莲》中周凤莲演《小二黑结婚》中的小芹，《母亲的儿子》中与儿时伙伴李明性爱读《三里湾》《小二黑结婚》和《李家庄的变迁》，《我的两位老师》中高老师送《李有才板话》让赵世信寒假里读。赵世信的《故事乡间》焉何平淡中见新奇，质朴中显隽永，白话中透哲理，根子就在深得赵树理的风格神韵。由此不难想到，原来赵世信还有研读赵树理作品的"童子功"哩！

老赵的书我真爱读。

《春江渔歌》（王成喜作）

白发仙人说"书"

仙居，浙江省的一个县，位于台州西部，灵江上游，自宋代改仙居至今，已有千年。盛夏7月，河南省会郑州来了一位祖籍仙居的书法家徐子久。笔者闻讯，相约友朋前往其下榻的宾馆拜会。叩开房门，站在我们面前的竟是一位满头雪白长发的老者。他精神矍铄，气宇轩昂，那相貌顿时使人想到武侠电影中的白发仙人。

寒暄之后，我们很快言归正传，开始名副其实地听"仙人"说"书"了。

白发与书魂

话题自然从他的白发说起。应我们所问，徐先生皱起眉头，饱含深情，以深沉的男低音回首他的人生……

现为中国书法艺术研究院书法委员会主任、中国书协会员、柯九思纪念馆馆长的徐子久，1948年出生于浙江省仙居县，先后毕业于浙江省文艺学校、山东省曲阜师范大学艺术系、浙江美术学院国画系。"文化大革命"结束后，青年徐子久揣着精心书写的八百字的蝇头小楷前往杭州，请教幸免于"文革"劫难的书坛泰斗沙孟海先生，得到沙先生夸奖。从此，他满怀雄心大志。在沙先生指点下，他从晋唐入手，转习米元章，再溯汉魏碑版，宋元明清，百余种书帖，逐一涉猎。学习中，他亲眼看见已83岁高龄的沙老仍在临写褚遂良的《阴符经》，十分感动。沙先生活到老、学到老的治书精神，深深铭刻在他的心扉，融进他的血液中。从笔法个性到精神元气，他对沙老心慕神追，临池不辍。他冬练三九、夏练三伏，常常通宵达旦，书法有了大的长进。他常感叹地说："从艺一生，沙翁对我的帮助最大，一辈子也忘不了。"1988年，徐子久连获全国书法电视大赛一等奖、第四届全国硬笔书法大赛特等奖、首届国际硬笔书法大赛特等奖，同年加入了中国书法家协会，陆续出版书法专著和字帖70余部。1992年，44岁的徐子久因在书坛崭露头角而被杭州市引进。徐子久举家从仙居迁往杭州，户口、住房、工作一并解决。这在当时的历史条件下是何等的荣幸啊！徐子久十分珍惜这来之不易的机会，临池练功更加刻苦。

在美丽的西子湖畔，徐子久的事业与生活如日中天。他在文化局工作，妻子在浙江美院国画系进修，儿子出演了电影《红樱桃》的男主角，女儿考上了浙江中医学院。一家四口，生活十分甜蜜。1998年，徐子久的贤妻突然因病去世，他陷入了极度的悲痛中。他尚未从中年丧妻的人生阴影中走出来，1999年刚毕业于浙江中医学院的爱女又因白血病离他而去。身在冷清清的居室，看着冷冰冰的锅灶，徐子久心如刀绞，血似冰结，欲哭无泪，万念俱焚，堕入了更加痛苦的深渊。

回忆至此，他含着泪水，摇着雪丝浓密的头说："从童年到中年，多少磨砺，多少苦难，我都挺过来了，可这一次我几乎被击倒了。我不敢说似李白诗中所言'朝如青丝暮成雪'，但确实，我的头发真是一夜雪白，镜子里一照，连自己也惊呆了！"

然而，顽强的徐子久终归没有被人生的大劫大难所击倒，他被仙居县的亲人和政府接到了故乡。在葱郁的括苍山麓，在清澈的永安水滨，在幽静的南峰塔下，亲人的抚慰和政府的关怀使徐子久遭重创的心境渐趋平复。

仙居，元代曾出了一位人杰，名垂青史，他就是当朝诗、书、画"三绝"的贤哲柯九思。柯九思诗文有《丹丘生集》；传世书法有《老人星赋》，书风雄健，笔墨苍秀。他师法文同，精画墨竹，画面上挺拔圆浑之竹，点缀树石、荆棘、野卉，饶有生趣。悲痛中站起来的徐子久，从柯九思古雅的艺术中复活了艺术生命。他踏着先贤的足迹，奋发忘情，如狂如痴泼墨，痛快淋漓书写，抒发在劳苦和困顿中挣扎的情感，大写在坎坷和崎岖中奋起的雄强，作品中不知不觉地烙上了人生沧桑的印痕。不久，行家观其书作，发现徐子久的书法风格发生了剧变，作品由流丽一跃而变得狠辣，笔墨的运势和蓄势间透出一副雄健的傲骨。徐子久说："这种雄风和傲骨就是书魂，即书法作品的气蕴内质。苏东坡说过：'书必有神、气、骨、肉、血，五者阙一，不成为书也。'书学即人学。书法艺术乃是注入笔墨之中的经历学养和人生情感的自然流露。书法笔墨的运用，字的结体和照应，无不是书家人生感悟和灵光的折射。精神境界与艺术境界的契合与沟通，才会收获书法作品内质的升华。成功的书法家，无论写什么体，无论小楷还是榜书，作品字里行间都应有书魂闪烁跳跃。如果没有经历人生的大劫难、大磨砺，并且锲而不舍、持之以恒，那就很难达到书魂盈溢的境界。"

醉酒与书风

谈着谈着，不知不觉到了午饭时间。我们一同步入餐厅，请徐先生品尝郑州著名小吃羊肉烩面。落座后，看着上桌的菜肴，未等主人"致辞"，徐先生便喜滋滋地说："咱们每人是不是先来

徐子久酒后疾书

一碗烩面啊？"大家笑了，笔者回答："徐先生，非也！按郑州风俗，先饮酒，后吃面。"徐先生执着地说："每人先来碗面，垫垫底，不是更好饮酒吗！"一句话引来满席笑语声喧。

徐先生边吃面边夸奖，呼呼噜噜一碗味美汤鲜的羊肉烩面进肚了。他孩子似的天真地问："喝什么酒啊？""茅台。""好酒，太好了！"他兴奋地说，"咱们每人是不是换上个大一点的杯子，免得斟酒时浪费！"我们的想法，徐先生自己给说出来了，顿感他爽快利落。

饮酒间，徐先生频频举杯，有时还反宾为主，逼你"上钩"。数杯后，徐先生已是鹤发童颜，飘飘然，口中念念有词："五花马，千金裘，呼儿将出换美酒，与尔同销万古愁。看，李白的《将进酒》写得多好啊！来，干杯！"说着，举杯一饮而尽。大家边饮边吃，传统性的劝酒少了许多，一瓶茅台被"消灭"了。当主人执意再来一瓶时，却被徐先生婉拒了。他那童真般的坦诚，如九寨沟的山溪，清澈见底，给人留下很深的印象。

徐先生用餐巾纸擦擦嘴角，面露醉容，仰着脸问："还有什么节目呢？"

"没有了！""地主"们相顾而笑。

"你们没有了，该我了。咱们是不是找一个大一点的书案，摆上文房四宝，宣纸、湖笔、端砚、徽墨啊！"

大家明白他要挥笔作书了，笑着说："端砚、歙砚齐备，只是现在都不用了。"

他仰天笑道："那就摆上盘、碟，倾进墨汁吧！宝砚撤将下去！"

笔者从一篇报道曾经看到，在山东威海某宾馆，酒醉饭饱后的徐子久昏昏然，醉蒙蒙，大笔一提，飘飘白发下，眼睛圆睁，刹那间一幅六尺草书《龙》字便跃然纸上，气势磅礴，神韵飞动，使众观者啧啧称奇，心灵为之一震。酒力助雅兴，他一口气又泼墨一《宾至如归》巨幅，字字挟雨带风，力透纸背。今日观之，徐先生似醉非醉，似醒非醒，天马行空，如处无人之境。他用草书、行书、隶书连书三个"寿"字，然后书写"寿同松柏碧，品似芝兰清"等三副对联，字字珠玑而风格各异。兴之所至，他又挥写了一首唐诗，其笔势沉雄，大气磅礴，众人观之，赞不绝口。书毕，回到他的客房。

午休后，他于会客厅邀我们品茗聊天。大家兴致勃勃，谈着谈着，又谈到了书法上。联系午餐痛饮，他的话题转至醉酒与书风。他说："我喜欢饮酒，特别爱喝高度的白酒。从豪爽坦荡的酒风上看，很多人不信我是江南人，硬说我是典型的北方人，山东响马，东北绿林。我之所以爱喝白酒，因为我觉得白酒最能催发人的灵感，产生亢奋，抒展情怀。酒酣之后，灵性顿生。此时铺纸命笔，纵横恣肆，那是纯粹地跟着感觉走。气势奔涌，淋漓鲜活，其境界高远缥缈，痛快得很！"

"醉酒后，是否写草书最为得意？"笔者问。

"是的，"徐先生说，"古代，张旭观公孙大娘舞剑而写草书，怀素望夏云之奇变而通笔法。李白在《草书歌行》诗中，写怀素'吾师醉后倚绳床，须臾扫尽数千张'。曾为官梁、唐、晋、汉、周五朝，后装疯卖傻的杨凝式更有'草圣本须因酒发，笔端应解化龙飞'的妙句。醉酒挥毫，无拘无束。狂来轻世界，醉里得真知。灵感和激情一同迸发，作书时，墨如泉涌，笔似龙腾。作草书感觉最佳。"

徐先生的见解不无道理。据笔者猜想，人酒醉后，定能忘却人生一切宠辱，抛开喧嚣尘世的所有烦恼，抒写出真性灵、真感情，找回赤裸的我、纯粹的我。与李白诗歌、裴旻剑舞并称唐代"三绝"的草书巨匠张旭，就常常大醉后呼喊狂走，然后落笔，人称"张癫"，其草书颇具新风。唐代另一草书巨匠怀素，虽是位僧人，也好饮酒，酒醉，兴至运笔，如旋风骤雨，飞动圆转，虽多变化，而不越法度，被后世书坛评为"以狂继癫"，统称"癫张醉素"。想到此处，笔者又问："徐先生，您擅长各种书体，但您在酒后是否只宜写草书呢？"

徐先生摇头说："中国书法的千古经典之作、王羲之的行书法帖《兰亭序》，就是东晋穆帝永和九年（公元 353 年）三月三与谢安、孙绰等 41 人，在浙江绍兴之兰亭修禊时开怀畅饮后的杰作。《兰亭序》为王羲之妍美流便的新体的代表作，千古流芳。中国武术有醉拳、醉剑、醉棍，书法当然也有醉书。一幅好的书法作品，很有可能是在似醉非醉的状态下书写的。酒助豪气生。豪气在先笔墨在后，笔有尽而意无穷。醉酒后跌宕洒脱、神采飘逸，其书风使人感觉得到书家情感的宣泄、个性的张扬。个性化的书风，只有在纵情忘我的境界中才能自然流露出来。我感觉，酒是让人忘掉自我的最好之物，它能将你带至一种梦幻般的清静世界。我的一些作品，如果真正似人们所评那样，有一种跌宕洒脱的书风，那也往往是酒后情绪的荡漾和释放，是个性的驰骋和挥扬。醉酒与书风，紧密关联着。当然，这是我个人的一点感悟，不足引而广之。"

线条与书韵

在山东某市机场大厅，候机的法国格拉斯市一位副市长打开中国朋友送给他的一副裱好的书法作品欣赏着，这副作品为徐子久先生所书。欣赏间，洋市长突然亲吻起作品来，然后竖起大拇指。顿时，围上来几位候机的中国乘客，有人问他为什么喜欢中国书法。不擅中国话的洋市长幽默地从身边取出张纸，画了一条女人身体的曲线，然后竖起大拇指说："线——条——美！"

这位法国的副市长很能抓住中国书法的本质特征。中国的书法，正是点、线的艺术。徐子久先生说："西方人把中国的书法美称为线条美，因为中国书法线条本身所展现的抽象性，与西方抽象艺术的魅力是一致的。梁启超曾经说过：'线条美，在美术中是为高等，不靠旁物的陪衬，专靠本身的排列。在真美中，线最重要。'赋予线条以灵性，正是中国书法、国画艺术家追求的永恒课题。我的书风虽然突兀，但细看还是那种极具个性的线条在变化，在跳跃，给人一种错落有致的节奏感。"

书法线条优美的节奏感，不是一蹴而就得来的，而是"铁杵磨成针"的结晶。徐先生感触地说："当书法家，就得耐得住寂寞。"他抱着这一理念身体力行，临帖习书四十年。他首先从楷书入手，然后篆、隶、行、草，精心研练，苦其心志。各体的执笔、运笔、用墨、点画、结构、布局，均从线条的运转追求美化，通过线条的多变而感悟书法与绘画在笔墨精神上同源、同法，以求赋予其个性化的气质和神韵。临帖的过程不仅要有想象的参与，更要有情感的滋润。而书家的想象和情感，都是通过线条的变化反映出来的。读者通过线条的转折、浓淡，整体的布局，才能感觉到书法作品中的生命律动。

读罢徐先生 1987 年书写的由北京燕山出版社出版的《历代题画诗小楷字帖》，西泠印社出版的《柯九思书画集》，浙江大学出版社出版的《常用汉字正行繁简对照字帖》，欣赏其 2002 年在青岛创作的《陈毅诗词》600 米楷书长卷和中国十大行书临写千米长卷巨作，再听徐先生对于线条的诠释，书法理论与实践的水乳交融，让人耳目一新。笔者若有所悟地问："徐先生，这正像古人所说'学书在法，其妙在人'是吗？"

"是的。"徐先生捋着白发，闭目朗声说，"如果具体讲，这'妙'字主要指线条的优美。这书法线条恰似音乐中的五线谱，可让人听出优美的旋律，读出香浓的书韵，这便是书法作品的艺术性了！"

现在的徐子久，年近六旬，声名远扬，但他将书法视为第二生命，仍百般努力。他风趣地吟诵着先师沙孟海所作的新民谣："百岁古来稀，九十不足奇，八十大可为，七十正得时，六十还是个小兄弟。"他将自己圈为刚进书道的小兄弟、初学者，认真追求，辛勤耕耘。他体会到，目前学书一年的进展，可相当于过去的五年，因为现在求索的方向明确，经验丰富。可以肯定，到了"人书俱老"之时，绝对能写出一手名副其实的好字。

徐先生最后说，要想成为一位真正的书法家，就必须明白，至少要花费几十年，甚至更长时间苦练。一天几个小时，一步一个脚印地练，才能积累丰厚的基本功，灵巧地驾驭手中之笔，再加上对书法艺术的灵感，两者缺一不可。所以，书法的真谛就是功夫与灵感的完美结合。

难得的一块"歙红砚石"

黄山,黄河,在《我的中国心》中被视为华夏祖脉、华夏情歌唱,而在我的心中却被当作友谊红线、友谊结来记忆。

己丑孟春,我接到老朋友程明铭从安徽歙县打来的电话,他热情问候后告诉我,他又有一本新诗集要出版,嘱我写一个序或跋。我再三表示"力不胜任",他依然将《石砚斋诗稿》寄了来。打开书封,阅过大札,老朋友的热切话语又一次勾起我愉快的回忆。

2002 年春,我从黄河之滨的郑州出发,千里迢迢到了黄山脚下的歙县,采访了著名砚文化研究专家和画家程明铭先生,写下《石痴传》,刊登在全国"百强"杂志《名人传记》当年的第 11 期上。自此,我俩成了知心知意、知情知性的朋友,对彼此的道德文章相互倾慕,于学术专业共同切磋。

笔、墨、纸、砚,是中国的"文房四宝",而端砚、歙砚、洮河砚、澄泥砚则是中国的"四大名砚"。从事地质工作的程明铭,曾在皖南、赣北山区勘探砚矿,对砚文化产生了浓厚的兴趣,探讨、钻研,锲而不舍,孜孜以求,数十年间集腋成裘,撰写出版了《中国歙砚研究》《歙砚丛谈》《歙砚与名人》和《中国名砚》四部专著,

程明铭画像

还出版了《程明铭画集》《山野诗丛》和散文集《山野情怀》，成为国内屈指可数的砚文化研究专家兼画家。北宋著名诗人、书法家黄庭坚曾在《砚山行》诗中写道："不轻不燥禀天然，重实温润如君子。"程明铭的慈祥善良和长者风度，他的拼搏进取与勤奋精神，正如黄庭坚笔下歙砚的品格，给我留下深刻的印象，并从中受到教益和激励。

程明铭不仅是一位广识博学的砚文化研究专家，而且是一位稀世歙砚石的发现者。在歙砚石原有品种的基础上，1988年10月他与汪满、江立明同志在歙北上丰、黄村又发现了"歙红""歙青"两种新砚石。歙红砚石不仅石质细润、坚而发墨，而且硬度适中、贮水不涸；不仅呈现通常的眉纹、罗纹、金星、银晕、鱼子、紫云的纹理，而且还爆出奇异的黄标、翠斑、红线、火捺、胭脂、石眼的宝饰，真乃歙砚石中石色艳丽的稀世珍品。"歙红""歙青"新砚石品种被发现后，《人民日报》《安徽日报》做了报道，引起了世人的关注。采取珍贵的歙红石，充分利用石上的翠斑、火捺、红线、胭脂、石眼等天然宝饰雕琢的歙砚，如著名砚雕家方建成创作的"歙红嫦娥奔月砚"，程苏禄创作的"歙红皇冠砚"，汪德欣创作的"夜半寒山寺歙红砚"，张永鸿创作的"歙红瓜砚"等，无不"玉石金声，质地精良"，堪称美轮美奂，深受国内外文人墨客，特别是中国香港、台湾和韩国、日本名砚收藏家的青睐，被视作歙砚中的珍品。

这让我从中明白，歙砚的名贵，首在砚石的珍贵，次在雕技的精美。二者缺一不可，但稀珍砚石是基础。我十分感谢程明铭先生为我打开一片砚文化的新天地；他的《石砚斋诗稿》，又让我对他的晚年生活和精神追求生发一种新的感悟。

程明铭号"石研"，宅名"石砚斋"。《石砚斋诗稿》是程明铭先生古稀之年"留给自己看"的新作，内含探矿、旅游、题画诗、乡土情怀以及抗震救灾、北京奥运和神七载人航天等各种记事、写景、抒情诗词140余首。老先生一生转战在皖南、赣北崇山峻岭间的地质勘探前线，九经车祸，三遭人灾，出生入死，历尽艰险；晚年，他和老伴在女儿爱喜的陪护下，游览了黄山、杭州、南京、上海、无锡、苏州、南昌、北戴河、山海关等地，在享受生活、安度晚年的同时，借诗抒发对祖国壮丽河山的无限热爱；老先生喜爱绘画，尤其擅长山水花卉，对牡丹、葡萄、梅花、荷花、菊花、迎春花以及竹、松题咏达50首，他借花言志，抒发人生"几经风雨几经霜，傲骨残枝映夕阳。莫嫌东篱花开晚，耐寒犹是老来香"的情怀。最让人感动的，是老先生虽然病魔缠身，不能行走，却依然通过电视、报纸，关注汶川地震、北京奥运、神七问天，并写下"我观抗震心旌荡，泪沾衣襟情满怀""华夏科技举世赞""凌霄鼓翼破鸿蒙"的民族自豪感。

古稀老人，抒展胸襟，情真意切，炽热感人。但细读推敲诗稿，我发现其中也有瑕疵，如诗句时有雷同、平仄不太合辙等，缺少艺术的锻造和精深的加工。就整个诗集稿来说，不啻似难得的一块天然"歙红砚石"。如果遇上类似黎铿、陈端友、陈日荣、李星平和方建成、程苏禄、姚传录、胡震龙等那样的大师大匠大手笔，并且怀着满腔的热忱，对明铭先生这块天然的"歙红砚石"精心设计、精雕细刻，即能成就一方"歙红名砚"，对此我深信不疑。

写于己丑仲春

数字冯骥才

昔日战场上，有双枪老太婆，左右开弓，百发百中，传为佳话；今日文坛上，有个大奇人，一手挥笔著文，一手泼墨作画，潇洒人生，成为美谈。这奇人，就是驰骋当代文坛的才子冯骥才。冯骥才不仅以泉涌般的文思在艺苑中卓有建树，而且以强烈的社会责任感在民间文化遗产抢救中大显身手。冯骥才，炎黄的忠诚子孙，脚踏实地的中国民间文化守望者。

冯骥才在文化上的卓越建树和知名度，通过下面一串惊人的数字，清晰地反映出来。

文学　1977年（35岁）至2005年（63岁）的28年间，冯骥才的文学创作，既有长篇、中篇、短篇小说，又有散文、随笔、诗歌；既有纪实文学、影视文学，又有文艺理论、文化批评；既有异国体验、域外手札、他乡发现，又有乡土传奇、众生故事、人生短篇；既有思想对话，又有心灵实录，还有关于敦煌文化宝库的研究和思考，汇成文千篇、图千帧、洋洋400万言，分类、结集16卷，由河南的中州古籍出版社彩印出版。这部皇皇巨著，以涉猎古今中外社会各个层面的丰富内容，以门类众多的文学体裁和样式，以写实与荒诞有机融汇、独树一帜的艺术手法，以图文并茂的鲜活形式，受到广大读者的热情欢迎，被誉为"中国当代才子书"。

冯骥才的小说被译成英文、德文、俄文、日文、法文、意大利文、荷兰文、越南文、西班牙文等九种语言在世界各地出版，并荣获"1979年全国优秀短篇小说奖""第一届全国优秀中篇小说奖"和瑞士"蓝眼镜蛇奖"等国内外十多种重大奖项。

绘画　从1990年（48岁）至2004年（62岁），《冯骥才画集》以及《天津老房子》《珍藏五大道》等10种画集、图册在国内外8家出版社出版。

从1991年4月（49岁）至2004年11月（62岁），冯骥才先后在天津、济南、上海、宁波、重庆、北京、维也纳（奥地利）、新加坡、东京和大阪（日本）、旧金山（美国）、石家庄等国内外11个城市举办了18次画展，被誉为"中国现代文人画"的典型代表。

演讲　从1985年（43岁）至2003年（61岁），冯骥才先后在哈佛、耶鲁、明尼苏达、芝加哥、印第安纳、加州、柏克莱、密苏里、

冯骥才在演示自己的创作

《水上人家》〔冯骥才作〕

科罗拉多、维也纳等国外十多所大学和新加坡联合报业集团大厦、旧金山南海艺术中心、奥斯陆中挪文学研讨会等，做有关中国文学、中国文化的专题演讲。

人生　冯骥才人生历经四级跳：1961 年（19 岁）离开学校进入社会，一跳体坛，出任天津市男子篮球队中锋；1962 年（20 岁）因受伤退出体坛，二跳画坛，入天津书画社，专事绘画；1974 年（32 岁），三跳文坛，从长篇小说《义和拳》创作起步；1994 年（52 岁），四跳中国民间文化遗产抢救工程。

冯骥才现任中国文联副主席、中国小说学会会长、天津大学冯骥才文学艺术研究院院长、中国民间文艺家协会主席、国际民间艺术组织（IOV）副主席、中国民主促进会中央副主席、全国政协常委等七项主要职务。2004 年 2 月，他被中央电视台、人民日报社等媒体评为"2003 年十大杰出文化人物"。

写于 2006 年 6 月

缅怀李伯安

看见文稿中罗列的成堆数字，我的头皮就发麻，枯燥感顿上心头，常跳过去阅读。人们厌烦数字，但又离不开数字。每当看见总结、报告中那"基本上""大多数""十几个"等数字型的字眼，我总不免产生如坠云雾之感，朦朦胧胧，让人烦恼。但数字毕竟是对事物的本质表述，鉴于此，生活中一旦遇上确实震撼人、打动人的数字，我便会铭刻脑际，永记心中。著名画家李伯安身上爆出的一连串数字，对我就是这样。

李伯安生前，我俩是"见面点点头"的同志关系。1985年6月至1986年年底，李伯安担任《名人传记》的美术编辑。1987年后，他虽然不再担任《名人传记》的美术编辑，但为刊物画了不少插图。1989年年底，我被任命为《名人传记》编辑部主任，即今之执行主编。为熟悉刊物，我翻阅《名人传记》1985年至1989年的合订本，并做了详细的笔记，其中就记下了李伯安的名字。

李伯安（右一）与日本友人西部基夫伉俪（左二、左一）在漓江游船上

1990年第4期《名人传记》封二上，刊登了李伯安的国画《日光
嵩上》，此画荣获全国第七届美展铜奖。这是我首读李伯安的
画。后来，有人告诉我，李伯安是张黛的爱人。我与张黛曾是河
南人民出版社文史编辑处的同事。他们家与我家近在咫尺，而李
伯安的画室就在我们的宿舍楼上。因此，我与伯安经常相见。每
次相遇，点点头，算是打了招呼。我只知道他是一位画画的，别
的一无所知。在我的印象里，他相貌和善，文质彬彬，说话轻言
细语，书生气十足。年复一年，日子平静地过着。

　　然而，谁也未曾料到，正是从李伯安这个清瘦、文弱的书生
身上，爆出了一连串的数字。这些数字，雷轰电触般撞击着我的
灵魂。

　　1998年5月2日，从我们的宿舍楼传出李伯安逝世的噩耗。
开始，我无论如何不敢相信，因为伯安还很年轻，不会倒下；伯

安性子柔，柔性子的人更具生命的韧性。但事实否定了我。他累死在画室，倒在自己的画作前，年仅54岁。54岁呀，这个数字如五雷轰顶，让我扼腕惋惜，心似刀绞。我含着热泪，忍着巨大的悲痛，到他家中吊唁，与他的遗体告别，沉痛哀悼一位朴实、善良、纯洁的好人。

李伯安逝世后，他的国画长卷《走出巴颜喀拉》，成为人们谈论的焦点。老实说，李伯安逝世前，我从未见过长卷中的哪怕一个人物。逝世后，长卷在郑州美术馆第二展厅首展，我才领略那恢宏的气势，观长卷，犹如观一座艺术的长城。2米高，120.5米长，肃穆的"圣山之灵"，庄严的"开光大典"，虔诚的"朝圣"，狂热的"哈达"，超然的"玛尼堆"，艰辛的"劳作"，亲和的"歇息"，欢乐的"藏戏"和富有人生哲理的"天路"等十大部分，总计266个神态各异的藏族人物。这一组石破天惊的数字，又一次猛烈地撞击着我的灵魂。站在画作前，我感到自己是那么的渺小，而李伯安却巍然屹立，让人景仰。李伯安去世后，全国146位画家为他捐画筹款，作为纪念他的活动资费，足见他在中国画家群心目中的地位。

李伯安的追悼会结束后，家人整理他的画室，竟发现一堆画稿。打开一看，原来是长卷《走出巴颜喀拉》第二部分"开光大

《苏东坡〈赤壁怀古〉词意》（李伯安作）

典"的修改稿，共五份。也就是说，"开光大典"这一部分他六易其稿。每稿2米高、20多米长，六次修改，总长超过百米，总面积超过240平方米。我家住着90平方米的一套房。这就是说，他对"开光大典"这一部分的修改稿即相当于我住房面积的两倍半还要多。苦其心志，劳其筋骨，将生命的骨血一点一点融进作品中去，这需要何等的精神和毅力啊！他对艺术的执着、对完美的追求，足可惊天地、泣鬼神。这一组数字让人惊心，折服。

李伯安身上爆出的一组组数字，撞击着我，震撼着我，征服了我。作为执行主编，我将这种震撼嫁接到《名人传记》上。从1999年至2002年退休前的四年间，我年年安排刊发对他的纪念文章，计有"生平简介"一篇、"编者按语"一篇、文章六篇、图片八幅。其中，"生平简介"与"编者按语"系我亲自撰写。我怀着赤诚的情感对文章做了精心的修改和润色。在2001年第4期《名人传记》刊发怀念李伯安两篇文章的七个页码下方，我绞尽脑汁在16开本的《名人传记》上登出《走出巴颜喀拉》长达140厘米的局部作品，最大限度地展示了长卷之"长"的风采。这也是我对李伯安精神撞击与感动的数字回应。我发自内心的愿望是，通过媒体的广泛传播，以期引起全国乃至国际美术界对这位"20世纪画坛伟人"的了解与缅怀。

李欣营与晋佩章^注

在李欣营欣喜、陶醉之际，我打开随身携带的文件夹，取出一篇关于钧瓷釉的论文交给他，问道："欣营，这是你在宜兴陶瓷工业学校陶瓷专业的毕业论文吗？"

李欣营接过洋洋洒洒长达 1.5 万字的论文，一页一页翻看着，边看边回答说："《对于早期宋代天青钧瓷釉的初步探讨》，是的，这是我的毕业论文。"他的眼球和神经可能受到复印件上用红笔、蓝笔、黑笔、铅笔圈圈点点和批语的刺激，一反沉静的常态，激动地反问我："论文上各种颜色的笔迹都是你的吗？"见我微笑地点头，李欣营更加兴奋地说："拙作，拙作，请批评！"

"这是一篇很有价值的钧瓷论文，"我恳切地说，"我之所以看了一遍又一遍，就是因为它有观点、有实验、有数据、有结论，文风朴实，没有空话套话。可否请你谈谈这篇论文的写作过程？"

"好的，"李欣营欣然说，"这篇论文，是在俺老师晋佩章大师的悉心指导下写成的。它铭记着恩师对我的深情、对我的教诲和栽培。这篇论文比较长，但远没有恩师引领我的路程长，没有恩师爱我教我的故事长。"

1988 年春，李欣营将要毕业了，须撰写毕业论文。根据自己的经历和专业，李欣营选择钧瓷作为论文的主题。校方请禹州钧瓷一厂推荐一名专家作为李欣营的论文导师。时在一厂担任教育科长、年过花甲的晋佩章先生，发表有多篇论文，既有扎实的理论功力，又有丰富的实践经验，被钧瓷界称为"钧瓷泰斗"，厂方推荐了晋佩章先生。于是，李欣营带着校方致晋佩章先生的委托书回到禹州钧瓷一厂，然后到晋老师家中拜见，交上委托书，恭恭敬敬地说："晋伯，我该毕业了，学校要求撰写一篇毕业论文。我选择了钧瓷作为研究的课题。"晋老师热情地接待了这个诚实憨厚的年轻人，并爽快地接受了宜兴陶瓷工业学校的委任书。听了李欣营的简单介绍，晋老师说："钧瓷的题目太大，写一本书也难以说透。可否选择一个角度，确定你研究的具体方向，这样更好撰写。"晋老师见欣营只点头不说话，而且选择角度需要认真思考、对比分析，这都要时间，便说："欣营，你刚从宜兴回来，先休息两天，咱们都考虑考虑，再确定论文题目，好吗？"欣营腼腆地说："好。"

　　两天后的一个晚上，师生二人又在晋家见面了。晋老师和蔼地问："欣营，你考虑好了吗？"李欣营像大姑娘似的，只笑不语。见此情景，晋老师就向欣营介绍了当时钧瓷界的理论研究状况。晋老师着重指出，浑厚的光泽和优雅的质感，是钧瓷审美的最主要的特征。构成这一特征的基本要素有两个：一是乳光状态；二是窑变现象。所谓乳光状态，就是钧瓷宝器上类似青玛瑙和蛋青的半乳浊状态。一般说来，乳浊性越弱，蓝色越深，最深的为天蓝；乳浊性越强，蓝色越淡，最淡的为月白；而介于天蓝和月白之间，是天青色。天青钧釉，尤其是天青泛红斑钧釉，是钧瓷的珍宝极品。宋代钧瓷工匠曾烧出雨过天青泛红斑钧釉，这是一个让后人难以企及的伟大创举。所谓窑变现象，就是钧釉在倒焰窑中，经还原火焙烧并保持还原气氛而生成的绚丽色彩。由于钧釉对气氛特别敏感，很难控制，即使火候均匀也难以烧成相同的釉色，从而产生"入窑一色，出窑万彩""千钧窑变、意境无穷"的艺术效果。如何探索钧釉的乳光状态和窑变现象的奥秘，烧出美妙绝伦的天青泛红斑钧瓷釉色，是钧瓷界长期以来追求的目标。讲到此处，晋老师停顿下来，坚定地说："欣营，依我看，你的毕业论文要搞就搞当前这个具有填补钧瓷空白意义的课题，题目不妨叫作《对宋代天青钧瓷釉的探讨》，你看行吗？"

听了晋老师的讲解，李欣营顿感自己好似站在"钧瓷泰斗"的两只巨掌上，这双巨掌正慢慢向上托起，目标对准钧瓷理论研究的前沿，因而激动万分，但瞬即冷静下来，为难地说："晋老师，课题好是好，但从哪里入手呢？"晋老师没有回答，站起身从书架上取出已经准备好的一摞参考文献，其中有多本《硅酸盐学报》《景德镇陶瓷》《山东陶瓷》和《宋代钧瓷釉》。这些参考文献中既有晋老师本人的著作，又有李国桢、刘凯民、田松山、陈显求和美国学者 W.D. 金格瑞的著作。晋老师谆谆嘱咐说："欣营，你先认真阅读这些文献，做好笔记，读完后，咱们再议下一步！"

阅读这些钧瓷专著，并非一件轻松的事情。李欣营刻苦攻读中常常遇到各种各样的问题，他把这些问题一一记下，请教晋老师。十多天后，晋老师说："欣营，钧瓷参考文献你已读了一些，

师徒会
（左一为李欣营，左四为晋佩章）

现在我想让你感受一下古钧窑遗址的氛围。明日，咱俩到下白峪去考察一下吧，那里是唐宋钧窑遗址的集中区。"第二天，欣营背上干粮和水，跟着晋老师，步行十多里，到了下白峪村。这里，背靠大刘山，下面是清龙河。千年前，这里森林茂密，木柴、瓷土、釉料、煤、水资源丰富，是烧制钧瓷得天独厚的地方。以下白峪为中心，古窑址面积达四平方公里。这里是钧窑的发祥地、民窑的烧造中心。下白峪出土的钧瓷残片，质精釉美，莹润古朴，特别是发现的天青泛红斑钧釉残片，胎薄釉厚，晶莹似玉，堪称"雨过天青泛红霞"，与晋老师为李欣营初定的论文主题极其吻合。

从下白峪回到神垕，晋老师将欣营领到自己家中。小饮后，用过饭，晋老师从里屋小心翼翼地提出一个布袋，往桌上一放，发出"哗啦哗啦"的声响。晋老师酒后一张粉红的脸，他神秘兮兮地问："欣营，猜猜里面是什么？""麻将牌。"李欣营不加思索地说。晋老师得意地眯着一双小眼睛，天真地说："错了。这是我收藏的唐、宋、元、明、清各个时代的钧瓷残片。别看它残，可都是珍宝啊！现在，咱们一起挑选几块具有代表性的钧釉残片，作为试验的标本。配釉、烧制、对比、分析、总结，这是你下一步要做的工作。"经过两个多小时的挑选、比较，最后选出早期宋代天青釉碗底部残片、天青釉砚底部和腹部残片，特别选出一块天青釉盘底部含有鲜艳大红斑的残片；后来，又从钧瓷专家李建峰处选出一块元钧天青釉盘底部残片，总计六块宋、元钧瓷天青釉作为试验的标本。试验的地点就在钧瓷一厂的实验室里。

钧釉主要由长石、瓷石、瓷土、石英、方解石、草木灰、骨灰等15种原料构成，像中草药一样，各种原料需要多少，有一个传统的配方。试验中，依据传统数据，用戥子分别称其重量，记下数据，进行粉碎，制成釉料，涂上瓷片。每块瓷片放在窑中前、后、左、右、中哪个部位，都要记录在案，然后编好号码，经素烧后再按高温、中温、低温分别进行烧制，出窑后记下各块瓷片的釉色。由于烧制温度和窑中放置部位不同，每一种钧釉配方可呈现多达二十种的釉色。然后，对这些瓷片的釉色表现进行对比分析，有目的地调整钧釉原料的比重配方。依据上述方法，再行试验。如此往返，经过六十多次调配釉方的试烧，李欣营终于初步掌握了天青钧釉的烧制规律。在晋老师的亲切指导下，终于撰写出了《对于早期宋代天青钧瓷釉的初步探讨》。

从4月初到6月底，在长达八十天的时间里，查阅文献，进行古窑遗址考察，配置调整钧釉配方烧制试验，整理记录，对比分析，从事一项项细致复杂的工作，点点滴滴，一丝不苟，让李欣营真切体会到科学试验的滋味。他没日没夜，吃住在厂区，整天泡在窑炉前和试验室，忙得不可开交，累得筋疲力尽。5月中旬，班主任吴宜汉老师从宜兴来到神垕，考察学生毕业论文的撰写情况，见此情景，惊讶又感动，说："欣营，我真想不到，你为毕业论文，下这么大的苦功！"李欣营说："吴老师，我这算不了什么！让我最感动的，是俺晋老师。第一次试验，我全部烧砸，一块瓷片都没有上色，晋老师看了，却鼓励我说：'欣营，你入门了！既然试验，就不能太急，要一步一步地来，要有达摩面壁、唐僧取经的精神，闯过九九八十一难，你自然会取得钧瓷天青釉色的真经！'我试验六十多次，晋老师看了六十多次，帮我分析讲解六十多次，终于引领我取得初步的成功。论文署名时，我将俺老师的名字写在前面。晋老师一看，拿起笔就将他的名字给画掉了。老师德艺双馨恩比海深，学生我永世不忘！"听了李欣营的肺腑之言，吴老师两眼溢满了泪水。

李欣营试验成功的钧瓷天青釉，当时就受到了两位造型大师的好评，其中一位是景德镇雕塑陶瓷大师周国桢。当时，他正在神垕进行陶瓷创作和考察。看到让人耳目一新的天青钧釉，周国桢先生说："这种釉色真好，我要把它用在作品上。"另一位是韩美林大师，当时他也在神垕搞创作。韩美林大师性格爽朗，心直口快。他更加坦率地说："欣营，你看，我的天球瓶、小口鱼瓶、美林钵这些器型，都是根据你的天青钧釉而设计的。运用这种钧釉，整个作品看上去具有流动性，呈色极好！"

李欣营动情地向我讲到这里，转身进入他的珍藏室，像他的恩师晋佩章大师一样，提出一个精致的口袋，"哗啦哗啦"，放在我面前的桌子上，虔诚地说："在俺晋老师的指导下，我试验共烧制 1000 多块各种瓷片；后来，我和晋老师一起，对每块瓷片进行分析研究，淘汰了 900 多块，留下这 186 块具有代表性天青钧釉特色的瓷片，作为珍品收藏着。如今，俺老师作古了。这每块瓷片中都凝聚着他老人家的心血！看着这一块块釉色纯净、美丽的钧瓷瓷片，我就想起俺老师，晋佩章大师。"说着，李欣营低下了头，掏出手绢，擦拭眼泪。

注：

李欣营，河南省工艺美术大师，神垕钧窑主。他的窑获"中国钧瓷名窑"。

晋佩章（1926—2008），中国首届陶瓷艺术大师，工艺美术终身成就奖获得者。

博鳌亚洲论坛 2003—2005 年国礼。左起：祥瑞瓶、乾坤瓶、华夏瓶（荣昌·钧瓷坊主苗峰伟赠，作者收藏）

挚友

在黄河博物馆一楼展厅，陈列着近百件黄河奇石。有的宛如生肖动物，有的酷似著名人物的头像，真是奇趣天成，令人称绝。在二楼展厅，我看见一件河源石，石上无图，但粗犷浑厚，质朴无华；体积虽小，但棱角分明，不圆不滑。我伫立石前，凝视良久，突然联想到一个人来，他就是我的挚友张卫华。

张卫华，50岁出头，生得膀大腰圆，仪表堂堂，花白的头发下，是一张敦厚的脸庞。他性情沉稳，说话办事如金石坠地，每有回声。他的许多故事，匪夷所思，让人难忘。

一次，几个同事站在院子里闲聊减肥。各述主张，争论不休。卫华开始只听，待机插话，亮着梁山好汉鲁智深式的大嗓门说："丫子！都别争啦，减肥各有各的方法。"众人突然异口同声说："那你说说你的方法！"卫华挺着"将军肚"说："我的方法简单！凑个礼拜天，上午10点多钟，跑到北郊肉狗市场，唤上餐馆老板转着看，选上一只劲健的宰杀，中午两碗狗肉四两酒，其余狗肉留着以后吃。中午吃狗肉我就不吃饭，晚饭也不吃。我减肥，就这！"他的话音刚落地，大家一个个笑弯了腰。

卫华只有一个儿子，上许昌高中，成绩一直不佳。有一次，卫华气极，开车到许昌高中，将儿子喊至校门外，大热天，令其

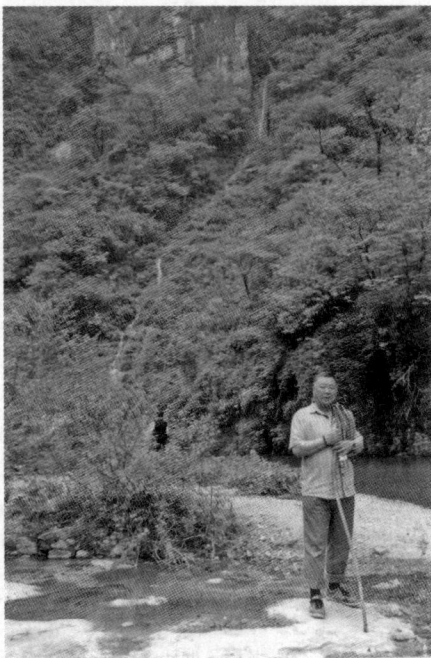

下跪，并训斥说："学习不好，就得下跪。今天跪你爹，学不好，长大跪别人！"儿子似有领悟。高考落榜后，卫华托关系将儿子送到河南省实验中学复读，再考，考入西安翻译学院学习小语种。毕业后，在国内找不到工作，又不愿出国。卫华说："家有两套房子，给你一套，你自立吧！"儿子拧着头说："我不！我要到上海再学！"卫华一愣，稍停说："那好。到上海需用钱，我给你凑5万元。如果你再学不成，那就自找门路吧。"儿子打点行装，不多言，决然赴上海，一年没个信儿。卫华爱人心急如焚，要到上海找儿子，卫华不同意。没想到，等到一年半，从上海来了消息，儿子考取了国际通用的工程师证（Cisco Certified Internetwork Expert）和项目管理专业人士资格认证（Project Management Professional），又读了上海交大的本科课程，现已毕业，在上海参加了工作。卫华笑了："这小子真长志气了！"

2005年至2007年，我出版了《朱仙镇年画七日谈》《牡丹诗词三百首》《中华荣辱大观园》三种书。2007年7月初，卫华对我说："你出的书，每种给我准备五本。我要！"我将书送给了他。他一一看了书的定价，算了算，然后将900元钱塞给我。我无论如何不要，他无论如何要给。没办法，我只好说："书价对半折，总行了吧！"卫华斩钉截铁地说："不行。朋友不打折！"品着卫华这话，我想，他讲的是钱，似乎又是感情，令人心头一热。卫华待人接物，诚恳实在，心地善良，没有一点害人之心，无须提防。

在卫华的脑海里，报恩思想浓得像扎了根，时时刻刻，念念不忘。他帮别人，常常忘得一干二净；但别人帮助了他，他牢记在心。2009年冬的一天，他打电话说有事要见我。见了面，他说："听说老杨有病住院，咱去看看吧！"他说的老杨，叫杨进芳，原是河南人民出版社人事处处长，后来调出版学校任书记。我俩都是经他进出版社的。我埋怨卫华咋不早说，好让我准备点礼物。卫华说："礼物我准备好了，两份，咱俩一同去吧！"看过老杨，回家的路上，卫华深情地说："老杨没有抽过我的一支烟，没有喝过我的一杯酒。想起来，我总感激不尽。"我接上说："老杨严以律己，宽厚待人，真是个好人啊！"2012年6月23日,听人说杨进芳先生去世。24日中午，我俩相约前往他家吊唁，泪水祭拜，铭刻在怀。

我和卫华交往二十多年，年年总要聚上几次。有时他约我，有时我约他，有事没事，喝喝酒，聊聊天。我俩喝酒的地点，有像样的饭店，有不起眼的小酒馆；在我家喝过，在他家也喝过。在他家喝酒，聊得最多的是《易经》，以及他经历过的占卜、算命的故事。不过，有一次，在他家，喝得高兴时，卫华突然激动地向我展示一件小钧瓷碗。我接过碗捧在手中一看，大吃一惊：碗里分明有一只毛色淡黄茸茸可爱的小鸡。我问他碗的来历，他兴奋地对我说，那是在神垕钧瓷大师晋佩章家里，晋老饭后对他说："你随便拿一件吧，带回郑州做个纪念！"卫华与晋老

寻觅心灵的"醉翁亭"

初次相识，不好意思拿人家钧瓷，晋老又风趣地说："来到宝地不拿宝，不拿白不拿，拿吧！"卫华这才拿了一件，当时看也没看，就装进了书包里。回家细瞧，竟是件窑变小鸡的珍品钧瓷碗。听着他的故事，我惊叹不已，十分钦羡。

2013年4月1日，卫华约我喝酒，我带着一瓶酒去了。他在小酒馆等着，我一坐下来，他就满面愁容地说："我心里一直很憋闷，忧愁，不知向谁倾诉，想来想去，只有你了！"我俩边饮边吃。他说着，我听着。我终于明白，屡屡发生的家务纠纷，让他伤透了心，我遂劝解、宽慰他一番。二十多年来，喝酒、聊天、谈心让我逐步感到，卫华与朋友交心谈心，每次给你捧出的不是皮皮毛毛，而是心窝子里的话——生命的"核儿"。

卫华是一个大孝子。他生在荥阳农村。姊妹中，他是唯一的男孩，从小就受到父母特别的疼爱。儿女长大成人，父母随之衰老。卫华倍感肩头的压力逐年加重。多年来，麦、秋两季他都要请假回家，帮助父母收麦，秋收秋种；逢年过节，他把为父母购买的

86

各种用品食品送回家。2000年后，卫华总是在春节提前几天带上各种物品回家，年前再将老家里里外外，特别是厨房、厕所打扫得干干净净。父亲年过花甲，患上高血压病。卫华经常带药回家看望，有时还接父亲到郑州家中居住，方便到医院治疗。我见过张叔几次，并在一起喝过酒。张叔是一位和蔼可亲的老人，粗通文墨，谈吐朴雅。他几次满意地对我说："你别看俺卫华说话粗声粗气，可他心思很细。家里缺啥，我和他妈需要啥，逢年过节要买啥，你想不到的，他都想到了，按时按景给家弄好了，不用你操一点心。他很孝顺，我和他妈都很满意。卫华与你交朋友，我很高兴。你文化高，多帮助他。"和张叔叔分别已经16年了，但老人善良、慈祥的音容笑貌至今还浮现在我的脑海里。

从青年时起，卫华就学习、钻研《易经》，家里书架上摆放着关于《易经》的各种读本和算卦书。我曾在他家里抽过签、算过命。抽签算命前，先净手，再磕头，以示虔诚。每次卫华总是先看卦象，再查卦书，一丝不苟，严肃认真，同时给我介绍中国占卜算命的传统和风俗。因为深知卫华的为人，我曾请他为我的小孙子算过命，基本不错。当然，未来的前途运道还有待时间验证。我把请他算命的钱装在信封悄悄放他办公室中，卫华发现后打电话哈哈笑着说："老宋，给孩子算命的钱我收下。不然，阎王爷要折我的寿限啦！"

写于 2015 年 10 月 25 日

羡慕

　　我是一位年过古稀的老编辑，退休十多年了。在家里，看着一代又一代的孩子成长进步，虽然嘴上不说，但乐在心里。有时到街上转转，触景生情，也有诸多感叹。听说2015年6月1日，是海燕彩色制作有限公司成立15周年，我便跑去看看。来到公司，看到的是一群二三十岁风华正茂的年轻人，张张笑脸，似朵朵鲜花；言谈举止，就像艺术学院的男女学生。我看了他们的产品，读了他们撰写的诗文，心舒神畅，喜上眉梢。满眼青枝绿叶，真让人羡慕呀！

　　孩子们呀，你们是幸运的应时而生的一群"小海燕"。我们亲身感受到，当代改革创新的浪潮历经十五年方兴未艾。这一汹涌澎湃的历史洪流，以排山倒海之势，荡涤着陈旧的传统观念和社会百业，冲击着人们的眼球和头脑。和高尔基笔下的暴风雨不同，这是另一种社会变革的暴风雨。搏击时代风云的海燕人，高瞻远瞩，与时俱进，奋力开拓，锐意进取，事业蒸蒸日上。你们受到时代潮流的洗礼，在岁月风雨的磨砺中增长才干，无忧无虑，健康成长，展示自己的青春年华。

　　你们是童画世界的"色彩工"。童话与童画，是两个不同的概

跃跃欲飞的一群"小海燕"

念。童话隶属于文学的范畴，童画隶属于美术的范畴。二者都有浓郁的童心童趣。当代童画的突出特征，除用拟人化手法和动漫的艺术形式，通过神奇曲折的故事情节反映生活外，再就是色彩。如果把海燕社 15 年来出版的儿童画册汇集起来，那就是一个当之无愧的童画大世界。可以设想，这个世界中的房屋、树木、高山、大海和各种动物、各种场景，假如没有色彩，那将是什么效果！而你们，正是这个世界的"色彩工"。没有你们的辛勤劳动，美丽的童画大世界就创造不出来。

你们参与架设的是一条通向人类未来的"文化彩虹"。我们常见雨过天晴后天空出现的彩虹。由彩虹让我联想到你们的工作。你们坚守"诚信、敬业、高效、创新"的理念，一丝不苟地从事策划、编辑、设计、印刷工作，制作了一本本、一套套精美的儿童画册，为培育儿童的美丽心灵竭尽心力。你们服务的对象一代又一代，代代不断，直到永远。这无异于架起了一条通往人类未来的"文化彩虹"。你们的工作是高雅的，你们的使命是神圣的。

我羡慕你们、祝福你们！我为你们点赞！

写于 2015 年 5 月 28 日

秃毛笔与空笔芯

古稀之年，移离河南省文化产业发展研究院办公室。在清理书柜时，我从一个角落的塑料袋中清出一堆废旧笔芯，摆到办公桌上。

"哇！这么多空笔芯啊！"新进文化产业发展研究院的小青年们异口同声惊呼。

我招呼说："你们猜猜看，有多少支？"

有人说500多支，有人说300多支！我默不作声清点完毕，他们几乎齐声问："多少啊？""多少啊？"

我庄重宣布："总计431支！"

"哇！真吓人！宋老师，你的这些空笔芯是从啥时候开始积攒的啊？"

"宋老师，废品收购站也收这些空笔芯吗？"

一句幽默，引来满室喧哗。

"快来给我们讲讲，这里头肯定有故事！"

"这是我退休后积攒的空笔芯。好吧，我讲！"

1982年7月，我从湖北一家报社调来中州书画社，从办报转而编书。当年年底，中州书画社出版了张舜徽先生的《中国文献学》，我获得了一本样书。次年 3 月，中州书画社又出版了张舜徽先生的《说文解字约注》，大 32 开，绿书皮，分上、中、下三册，约百万字。我又获得一套样书。这套书抱在怀中沉甸甸的，放在书桌上似三块绿砖。读书人爱书，得了书自然欣喜，翻开看，竟是用毛笔一字字手写而成，不禁大吃一惊。我不明白这书是如何写作和出版的。因为《中国文献学》和《说文解字约注》两书的责任编辑都是刘义质先生，怀着好奇，我选择一个空暇走进刘老师的办公室去问究竟。

我的问题一出，刘老师笑了，兴奋地说："一般说来，书稿要先排成铅字，然后校对，印刷出版。根据《说文解字约注》一书的特点，因书中包含 9300 多字的各种形体结构，无法铅排，只有先拍照，然后影印出版。"稍作停顿，他话头一转说："为约张教授《说文解字约注》这部书稿，我三下武汉，而感受最深的是第一次。那天，张教授向我侃侃而谈书稿的内容，详细介绍了写作的过程，从上午 9 时，直谈到将近中午 12 点。当家人告知要吃午饭时，张教授依然不慌不忙地从书架中取出好大一把写秃的毛笔，递给我说：'这是我写作的见证。这些秃笔，我一直珍藏着。'我近前接下细看，心中顿时感动不已，激情澎湃……"刘义质老师讲述的这个故事，像镌刻在我心中一样，很久难以忘怀。时隔 5 年，出版社安排我修《河南省志·出版志》，我借机逐章逐节、逐句逐字读完了张舜徽教授的《中国文献学》，读后联想起那一大把写秃的毛笔，一位刻苦治学的老教授的高大形象矗立在我的脑际。从此，我更加关注这位中国历史文献学开创者、老前辈的学术成果。直到 1992 年 11 月 27 日，张教授走完他 81 岁的人生历程，我才全面了解到张舜徽先生一生完成的《尔雅义疏跋》《中国古代史籍举要》《中国史论文集》《顾亭林学记》《中国古代史籍校读法》《周秦道论发微》《中国文献学》《说文解字约注》《文献学论著辑要》《汉书艺术志通释》等 24 部总计 800 万字的皇皇巨著，全部是用毛笔撰写而成的。我想，那些秃毛笔堆放在一起犹如一座笔山，而他的巨著则是用秃笔大写的山碑，让人倾慕景仰啊！

时至 2003 年，我又从一篇文章中读到智永和怀素的故事。虽然年届花甲，但他们的故事在我心中依然溅起浪花，映出一道美丽的彩虹！

智永是王羲之的七世孙。王羲之有长子玄之、次子凝之、三子涣之、四子肃之、五子徽之、六子操之、七子献之。智永系五子徽之后代，南朝陈与隋朝间山阴（今浙江绍兴）永欣寺僧人，人称"永禅师"。他曾于寺中建一小楼，在楼上潜心研习、苦练书法 30 年，发誓"书不成，不下此楼"。他如痴如醉地练，毛笔练秃一支又一支，曾临写 800 多本《真草千字文》分赠浙东诸寺。他把用秃的毛笔投进大瓮，数十年间积攒下几瓮秃笔。后来，他将几瓮秃笔葬在寺后院的一棵大树下，自撰墓志铭，起名"退笔冢"。其滴水穿石的精神和毅力，终于成就一代作品气韵飞动、犹如神品的真草宗师。

怀素，唐朝永州零陵人，我国书法史上领一代风骚的"狂草"巨匠。怀素幼年好佛，出家为僧。"经禅之暇，颇好笔翰"，苦练不辍，毅力惊人。买不起纸，他便找来木板，涂上白漆书写，因感漆板不易着墨，又在寺院近旁荒坡种植万株芭蕉。芭蕉长成后，他采叶临帖苦练。老叶采完，小叶又舍不得采，便手持笔墨，于树前展叶书写。春夏秋冬，坚持不懈，终于练就泼墨如"骤雨旋风，声势满堂"，挥毫似"壮士拔剑，神采动人"。他一生创作《自叙帖》《苦笋帖》《食鱼帖》《圣母帖》《论书帖》《藏真帖》《律公帖》《小草千字文》和《四十二章经》等大量法帖，其运笔圆劲，使转如环，与张旭被人并称"张颠素狂"。他的住处被芭蕉林掩映，人称"绿天庵"。他将写秃的毛笔集而葬之，自称"笔冢"。如今，在湖南省永州市零陵区建有"怀素公园"，园内有"绿天庵""怀素塑像""种蕉亭""醉僧楼""砚泉"和"笔冢塔"，以纪念这位中国书坛上的一代"狂草"大家。

人们常说：榜样，砥砺宏志；奋发，源于感召。怀素对一百多年前智永"退笔冢"的传奇是否有所耳闻，张舜徽对一千多年前智永"退笔冢"和怀素"笔冢塔"是否有研究，我以为这些均无需探讨，需要继承和弘扬的是跨越一千多年的"秃笔"传承的中华一代代贤哲刻苦治学、坚韧不拔的顽强精神。这些故事像电一样触动我的灵魂。从中，我深深感到自己思想上、行动上的巨大差距！我羞愧！我要奋起！

时已年过花甲，双鬓爬满白发。照照镜子，不怕！

2004年7月，从河南文艺出版社退休后，我被河南省旅游文化产业发展研究会聘为研究员，从出版专业转向文化产业，开始我人生又一次新的征程。我立志，踏踏实实，再苦干一场！

文化产业是一种新兴产业。这个文化产业发展研究院不同于传统的社会科学院。它的特点是紧密结合市场研究文化，做成项目，形成产业。在院长戴松成的领导下，我先洗脑子，再改观念，然后"跳入"传统典籍中研究、扬弃、整合，最后写出方案。从2004年7月至2013年7月，我拜读、编校了戴松成先生撰写的60多种方案和《天下黄河》《河南旅游文化产业发展报告》《河南文化产业发展报告》《国花牡丹档案》《牡丹花开动天下》《黄河诗词300首》《玄奘三字歌》《建言献策一百篇》《旅游圆舞曲》等9种著作。我曾在《不停"折腾"的戴松成》一文中写道，这些报告和文稿，"我既是第一读者，又是加工者、亲历者，其中有些我还参加了讨论和创作，里面融有我的心血和智慧"，"如果说戴松成是河南文化产业界的一位策划师、建筑师，我则是一位装修师、美容师"。毋庸置疑，"装修"和"美容"可能耗费更多的"水泥"和"涂料"，因而我用掉的蓝、红、黑笔芯更多。同时，我本人也撰写出版了《朱仙镇年画七日谈》、《中华荣辱大观园》、《牡丹诗词300首》（与戴松成合作）、《绣在嫁衣上的花瓣》、《朱仙镇年画史话》、《九个戴松成》、《晚岁诗文汇》

等 7 部著作，两项加起总字数当在 800 万字。十年间年复一年编稿写稿，学习先师，我将用尽的蓝、红、黑各色空笔芯放入塑料袋中。十年后清理，方知有 431 支。捧起这 431 支空笔芯，我心中荡起激动的涟漪。

我深知，我的毅力、功力与智永、怀素和张舜徽大师无法比拟。尽管我写的文字仍然浅薄，但我引以为幸的是，学习先师，我没有虚度晚年。中国有句古语，叫"铁杵磨成针"。我将以这种精神，锲而不舍，持之以恒，不停地穿越、攀登，直到人生终点。

作者退休十年间写废的部分空笔芯

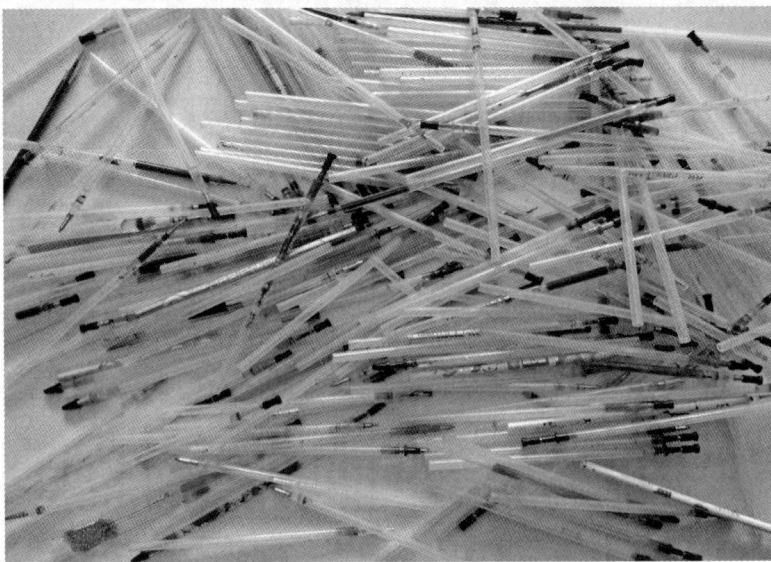

第二章

茴香豆·可下酒

世相吟草 20 首

《渡》（号奋作）

小 船

荡起我
　　人生小船的双桨，
　　正直，
　　坚毅，
在大海中
　　苦进，
　　苦尽……

励 志

朝饮坠露，
夕餐落英。
壮志凌云，
奔向成功。

中秋夜思赵世信

今年中秋月，

小浪底上看。

思念老朋友，

两地共婵娟。

首祝全家乐，

团圆且美满。

再贺兄长健，

人好口碑传。

写于 2009 年 10 月 3 日

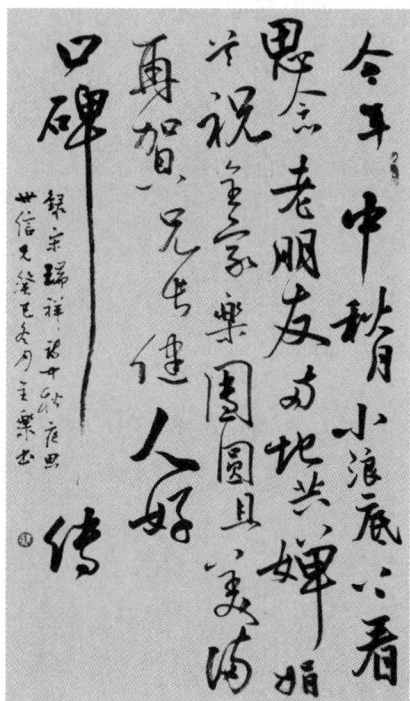

史全乐书《中秋夜思赵世信》

读《爱莲说》注

我爱青莲，
雨中弄弦。
碧盘玉露，
渔舟唱晚。

我爱青莲，
风中抒怀。
表里同质，
污泥不染。

我爱青莲，
水中桃源。
花开花落，
自由自在。

我爱青莲，
情意绵绵。
天翻地覆，
藕断丝连。

写于 2010 年 8 月 29 日

注：
《爱莲说》，宋周敦颐作。

窗 友

珞珈一别四十年，
幸会商都喜无眠。
秉性未改鬓发雪，
历历往事皆笑谈。

写于 2010 年 8 月 26 日

五颜六色

我的话是火红色的，
我的诗是天蓝色的，
我的情是茶绿色的，
我的义是雪白色的，
我的幽默是漆黑色的。
这一切皆因
我的人是土黄色的。

写于 2010 年 9 月 1 日

豪　饮

豪饮归来，
飘飘欲仙。
腾云驾雾，
天上人间。

写于 2010 年 9 月 6 日

读《早春二月》^注

投来一个秋波，
　你走了；
把火点起来，
　你走了。
思念，痴迷，
如醉如泥。
理也理不清的思绪啊，
这万般煎熬的美丽！

写于 2010 年 10 月 13 日

注：
《早春二月》，柔石著。

读《故事乡间》^注

大作拜读完，
雅趣胜古玩。
早有书评意，
举笔切入难。
美文称尚品，
崎岖登且攀。
漫漫寒冬夜，
长梦何时圆？

写于 2010 年 11 月 19 日

注：

《故事乡间》，赵世信著。

固始的田野

夜访王刘纯^注

寒夜造访，

温暖非常。

夫人贤惠，

理家有方。

热情好客，

窗明几亮。

藏品精美，

件件耐赏。

墨香满室，

谈吐难忘。

君子之风，

情笃意长。

写于 2011 年 3 月 24 日

注：

王刘纯，曾任河南大学出版社社长，现任大象出版社社长。

赠友人

身单雄风在，

所到流水激。

举杯邀吴刚，

峰巅闻天鸡。

写于 2012 年 9 月 10 日

致黄天奇

海燕出版社壬辰年选题论证会在蒙蒙细雨中的小浪底召开，闻讯作小诗贺之。

烟雨小浪底，
天地皆诗情。
大坝卧洪波，
渔船泊画中。
菜蔬山里采，
鱼鲜汤味浓。
品茗话海燕，
搏击雷电风。

写于 2011 年 11 月 7 日

话友谊

友谊年复年，
佳节心连心。
感叹人生路，
真情重黄金。

写于 2012 年 10 月

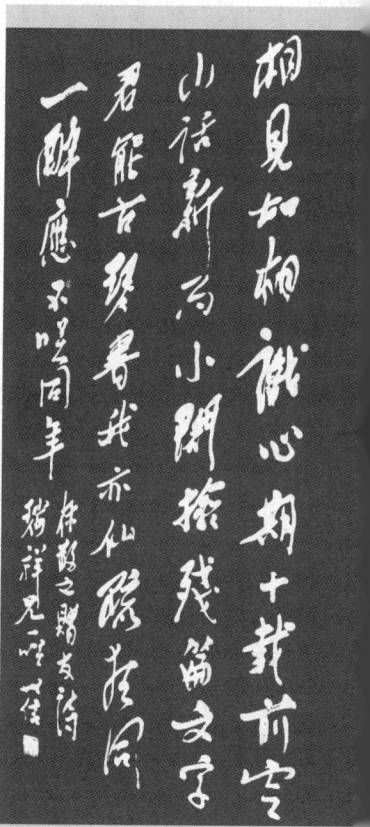

赵世信赠作者的书法作品

八 如

春山如黛，
桃花如面。
爱情如蜜，
日子如饭。
岗位如琴，
上班如弹。
理想如花，
果实如蒜。

写于 2013 年 7 月

部长忙

部长坐宝马，
口叼金烟斗。
五光十色彩，
四面八方求。
醉入芳草地，
野花乱招手。
登台做报告，
为民再加油。

写于癸巳年己未月

游芒砀山笑刘武[注]

景幽地下寻，
道深志凌云。
尽头灯光下，
金玉裹泥身。

作于 2015 年 9 月

注：

刘武，梁孝王，汉景帝刘启胞弟，深受窦太后宠爱。因僭谋帝位事发，抑郁而死。遗财以巨万计，黄金四十余万斤。

芒砀山汉墓后入口处

天时名苑

北京家里真温馨，
轻言细雨暖如春。
更喜两位贵宾犬，
眼神深知主人心。

105

乙未年初秋，作者与河南省招标投标协会常务副会长张新涛（中）、秘书长符庆灵（左）在山东台儿庄

咏红鲤

山泉清且纯，
红鲤濯鳍鳞。
不羡大海阔，
偏把泉源寻。

写于癸巳年壬戌月

住　院

住院二十日，
世上几多事。^注
关爱人不绝，
情动语声咽。

写于甲午戊辰月

注：
系指北京"两会"，马航MH370失事。

106

"穷爷庙"落成典礼有感

　　2014年5月31日是河南省文化产业发展研究院成立八周年。这一天，恰逢戴松成家乡、河南省伊川县白沙镇摩天岭纪念墨子的"穷爷庙"落成典礼。写此拙句，以抒情怀。

摩天岭上千年暗，
农庄一举灯火明。
文友墨客夜宴会，
把酒临风颂圣公。

墨圣心装老百姓，
穷爷小庙平民敬。
致富治病头等事，
人气原在土气中。

"穷爷庙"落成典礼留影

考黄诗记 17 首

2013 年 9 月 8 日至 25 日，戴松成院长、单远慕研究员、乔台山编审、宋瑞祥编审、北京大学硕士研究生谢世鹏和司机段治国一行六人驱车由郑州出发，先后考察了宁夏固原市、中卫市、吴忠市、银川市、石嘴山市，内蒙古乌海市、巴彦淖尔市、包头市、呼和浩特市、鄂尔多斯市，陕西榆林市、韩城市，山西吕梁市、临汾市、运城市，河南三门峡市四省十六市沿黄区域，行程一万余里，耗时 17 天。笔者以诗记下了沿途所见、所感、所思。

作者(左一)参观固原博物馆(单远慕摄)

参观固原博物馆

策马走黄河，夜进固原城。
走入博物馆，国宝件件精。
鎏金银器壶，镇馆璀璨明。
更喜牵马人，助我情更浓。

2013 年 9 月 10 日于固原

亲近母亲河

中卫亲近母亲河，心底话儿无从说。
新城一座河旁立，明珠照亮新生活。
河水自流进田里，稻菽合唱丰收歌。
捧起河水喝一口，恰似乳汁暖心窝。

2013年9月11日于中卫

游沙坡头

沙坡头上见奇迹，风吹黄沙向上飞。
神工千古不停顿，堆起沙山八百米。
沙中噙水终年沁，山脚静静添小溪。
沙山香山相呼应，当中童园^注翠如滴。
大河温柔转大弯，河水推出图太极。
腾格尔上修铁路，麦秸方格固沙基。
玩沙戏水沙乐园，国际滑沙名不虚。

2013年9月12日于吴忠

沙坡头下

注：
近代一童姓豪绅在沙坡下建造的一处园林，人称"童家园子"，
现为沙坡头景区的一片绿洲。

109

宁夏与黄河

宁夏的土地宁夏的人，

离不开黄河来滋润。

宁夏的历史宁夏的魂，

离不开黄河泼墨绘。

宁夏的文化宁夏的歌，

离不开黄河流水和。

宁夏的猛进宁夏的腾，

离不开黄河健康行。

宁夏人奋力打造黄金岸，

金娃娃银娃娃玉娃娃，

一个个从黄河水中蹦出来。

2013年9月13日于银川

"花姑娘"，沙漠中的一种植物，开紫花，学名花棒

黄沙古渡赞

黄沙古渡人气旺，生态景区娱乐场。

建筑施工皆木材，石桌石凳真叫棒。

景区路程三十里，沙道水路原模样。

沙海冲浪最刺激，竹排漂流歌声扬。

骑上骆驼沙中走，羊皮筏子再畅想。

放眼望去一片绿，沙枣白杨相伴长。

更喜婀娜妩媚枝，群群簇簇"花姑娘"。

朱栴^注巡边到此渡，万顷清波映夕阳。

康熙亲征噶尔丹，凯旋过渡留华章。

远客慕名玩古渡，饮水濯足亲老娘。

景区玩罢情未尽，感叹生态第一桩。

昔日一处小景点，如今名声响当当。

2013 年 9 月 14 日于银川

注：

朱栴（zhān），朱元璋第十六子，封庆靖王，镇守宁夏边关，多次巡察古渡口。

黄沙古渡景点

西夏王陵（局部）

西夏王陵的苦祈

走进数十平方公里的西夏陵区，
九座王陵①自南向北排列有序。
在干枯散乱的蒿草中，
二百多座陪葬墓群星罗似棋。

从一座陵墓走向另一座陵墓，
最后返回泰陵前祷祈：
一代枭雄的李元昊啊，
是你开拓西夏王朝的辽阔疆域。

独揽大权你强行颁布"秃发令"②，
为组建"炮灰军"③你煞费心机。
你指派野利仁荣创造西夏文字，
发动五大战役④你步步崛起挺立。

你高傲地打坐在贺兰山下，
与宋、辽鼎立分庭抗礼。
战功显赫你忘乎所以，
骄奢淫逸魂断于强霸儿媳⑤。

可能是虔诚触动了泰陵的神经，
隐约听到墓中的叹息哭祈：
"《西夏史》难产已有七个世纪，
大白高国拜求您助产的婆姨！"

2013年9月15日草于银川，10月10日成于郑州

112

注：

①九陵，即李继迁的裕陵，李德明的嘉陵，李元昊的泰陵，李谅祚的安陵，李秉常的献陵，李乾顺的显陵，李仁孝的寿陵，李继佑的庄陵和李安全的康陵。

②李元昊登基后，为强化党项族人的民族意识和身份识别，率先将自己头顶上的一圈头发剃光，并强行在西夏全域推广。

③"炮灰军"，即李元昊特意挑选被俘汉兵而组建的"撞令郎"军，战斗时让"撞令郎"军做先头部队，以减少党项人的伤亡。

④"五大战役"，即西夏对宋朝发动的三川口战役、好水川战役、麟府丰战役、定川寨战役和对辽发动的河曲战役。

⑤李元昊因将儿子宁令哥的美妻纳为妃，于1048年元宵节被儿子挥刀砍杀。

参观西部影视城

走进贤亮影视城，花艳蝶舞春意浓。
一人①砸烂旧枷锁，二城②汇聚万颗星。
滚滚财富似金瓜，创意思维是青藤。
文化也是生产力，智慧帮你成富翁。

2013年9月15日于银川

注：
①一人，指作家张贤亮。
②二城，指影视城中的明城和清城。

沙湖情

一张精美的广告页，
印着沙湖的照片。
我把照片收藏在手机里，
今日旅游到沙湖特别开心。

银白的湖面泛起细密线纹，
与天空的彩云织成云锦。
我多么想从中剪下一小块，
给我的爱妻制作一条丝巾。

湖中亭亭玉立的绿苇，
似靓丽的江南美女身着长裙。
我想购买一丛种在庭院，
让女儿当作模特梦想成真。

白沙，清水，俊鸟，绿苇，
构成世界级的妩媚。
这是一幅价值连城的画卷，
永远挂在我的眼前，刻在我的心扉！

我爱沙湖水！
我爱水中的苇！

2013 年 9 月 16 日于银川

沙湖景色

黄河考察三十六韵

策马走黄河，使命很清楚。

要想完成好，真得下功夫。

单师拿路线，上网查地图。

人员资金车，戴公总部署。

围着黄河行，如子不离母。

食住行事杂，段谢最辛苦。

景点多样化，考察方式殊。

宁夏黄河楼，景区上千亩。

河套博物馆，展品五千足。

景区需参观，院馆要细读。

摄影留资料，台山最忙碌。

天天早到晚，饿肚在中午。

夜半到城里，再找吃和住。

沿途名小吃，有荤也有素。

饮食种类多，品味雅和俗。

今年中秋节，托克托县度。

虔诚祭黄河，庄严又肃穆。

黄河文化深，探索发展路。

2013 年 9 月 19 日于鄂尔多斯

鄂尔多斯博物馆

过保德

府谷悄悄话，保德能听见。
一桥连两县，千年面对面。

2013年9月21日于前往保德县途中

康巴什印象

别克商务驶进康巴什，
感受鄂市心脏的强劲魅力。
这哪里是想象中的荒漠？
分明是大漠中的建筑奇迹！

巍峨的博物馆，
好像一块瑰丽的红砂岩石屹立。
敦实的图书馆，
酷似蒙族文献的三大典籍。注

蒙族男女美丽的头饰，
构成大剧院的伟岸形体。
硕大的蒙古包和马鞍，
组成国际会展中心的东方身躯。

雕塑广场奔腾的骏马，

映射出蒙族同胞的生活经历。
就连路灯的灯罩，
也让人想到塞外冬日的冰滴。

在康巴什看不到一个欧美的符号，
却透出西方建筑的神韵大气；
在康巴什看不到传统的国宝重器，
却彰显着民族蓬勃的腾飞！

康巴什，卓越的老师，
康巴什，中国城市建设的大旗！

2013 年 9 月 20 日至 22 日于山西偏关

注：
三大典籍，即《蒙古秘史》《蒙古源流》《蒙古黄金史》。

鄂尔多斯大剧院

托克托的中秋夜

沿着时而平坦时而泥泞的道路，
带上月饼、鲜果和美酒，
从鄂尔多斯边走边打听，
终于在傍晚前到达托克托县河口。

晚霞将河面镀成鳞鳞金光，
河水平缓地静静东流。
母亲河温情地望着远道而来的孩子，
像是知道今晚要和她共度中秋。

在河边洁净的沙地上，
整齐地摆上月饼、果品和贡酒。
由戴松成主祭，单远慕朗诵赞美诗，
六个孩子齐刷刷跪下磕头。

一挂清脆的鞭炮声响起，
孩子们将供品一件件送入河口。
突然大河上空升起一道彩虹，
那定是母亲河欣喜地接受。

托克托是黄河上中游的分界处，
黄河的性格由温顺转向怒吼。
借此策马走黄河之际，
实现我们盼望已久的祭拜问候。

祭罢母亲河太阳已经落山，

东方圆而大的月亮向我们笑着点头：
"孩子们，我看到你们的感恩之心，
关爱大自然，人类自会增福去忧！"

2013年9月19日草于托克托，9月27日成于郑州

蒙古包里午餐

别克行至大草原路边，
停车观看蒙古包群的特色景观。
包前的小伙、姑娘一个个招手，
微笑着欢迎我们前去就餐。

我们走进黑儿马蒙古包酒家，
老板巴根那先让我们参观。
屠宰场、厨炊间和蒙古包看个遍，
洁净的环境让客人把心放宽。

作者（左三）一行在蒙
古包午餐（单远慕摄）

119

我们选择一个蒙古包进去落座，
环顾包内一个个的"圆"，
圆的餐桌、圆的床座。
这是一个可供餐饮、住宿的雅间。

蒙族姑娘端上奶茶、馓子和小菜，
要我们慢用、细品一番。
有的可口，有的新奇，有的不习惯，
这可能正是蒙族餐饮的特点。

健壮的小伙端上蒙族大菜，
烤全羊、手抓羊肉和蒙餐大拌，
血肉肠、干炸鲜蘑和盐水毛豆，
羊头骨盛着羊头肉活似蚌壳张开。

打开酒瓶给每人的酒杯斟满，
举杯共祝母亲河康健。
请来酒家老板巴根那同饮，
祝愿蒙汉民族团结和谐再谱新篇。

2013 年 9 月 27 日于郑州

东渡纪念塔

陕西佳县小县城，曲溜拐弯盘山顶。

香炉古寺悬山壁，寺下大河窄且平。

东渡黄河选渡址，主席亲察到寺中。

渡口终定川口村^①，信史立碑留美名。

心随领袖踪迹走，寻碑情迫急匆匆。

车过大桥入临县，克虎村上别克停。

问询路应如何走，乡亲指道沿河行。

陪伴母亲同前进，两岸青山挥手迎。

枣树片片绿染岗，硕果累累点点红。

山崖层层叠路侧，铁骨铮铮贯石中。

车到碛口马家塔^②，只见巨碑高高耸。

主席东渡在此处，碑文字字记得清。

铭心刻肺永怀念，恭立碑前留一影。

2013 年 9 月 25 日于山西河津

东渡纪念塔

注:

①川口村，位于陕西省吴堡县，黄河西岸。

②马家塔，位于山西省临县碛口镇，黄河东岸。毛泽东主席 1948 年 3 月 23 日率军从川口村上船，于马家塔登岸，史称"东渡黄河"。

沿途枣林

121

司马迁祠墓门

瞻仰司马迁祠墓

清晨不到五点钟，伸伸腰板梦中醒。
翻身下床去淋浴，从头到脚洗搓净。
西装革履系领带，刮脸修面频照镜。
挎上背包照相机，今要拜见太史公。

进园缓步八百米，两侧雕塑美且精。
来到山门检票处，祠冢建筑问来龙。
古祠庙龄超千年，历经晋宋元明清。
朴拙简陋风格显，司马古道载幽情。

大棚样式太公庙，"高山仰止"第一层。
"史笔昭示"悬山门，九十九级台阶登。
"河山之阳"青砖砌，献殿祭祀气沉雄。
寝殿神龛圣公尊，蒙古包中藏墓冢。

八卦花卉含寄语，"五子登科"新柏荣。
千秋万代传美誉，彰耀大殿颂史公。
《报任安书》早习读，瞻仰祠冢情益浓。
忍辱负重一伟人，功德师表万代承。

写于2013年9月25日陕西韩城

壶口瀑布

惊涛骇浪倒江海，万马嘶鸣人胆寒。
直下龙宫擒蛟霸，飞洒玉露润民间。

写于 2013 年 9 月 24 日山西吉县

壶口瀑布

写给国际青年歌唱家耿君杨

少小凌云志，母爱育新芽。
八十一难后，圣光映锦霞。
身影留五洲，歌声传天涯。
感恩母亲河，报我大中华。

写于 2001 年 4 月，修于 2016 年 7 月

河南省出版局专家团在西双版纳（站立者右二为作者）

第三章

河南风味·家乡情深

颁奖记

　　这里讲述的，是一个真实的发生在家乡河南郑州民奖官的故事。

　　2009年5月31日，是河南省文化产业发展研究院成立三周年的日子。在筹备庆祝活动时，大家饮水思源，对省委书记徐光春同志为河南省文化产业发展研究院定名、定性、定宗旨、定任务，并且率领省四大班子主要领导参加挂牌成立仪式，充满感激之情。没有省委、省政府、省政协领导的关爱和支持，就没有研究院的一切。有人提议，在庆祝研究院成立三周年之际，应当给省委书记徐光春颁个奖，这奖就叫"文化强省特殊贡献奖"，形式就是"民奖官"。提议以一片掌声通过。

　　颁奖总得有个"颁奖词"。从3月下旬，研究院集中力量投入"颁奖词"的创作。但要将徐光春书记主政河南四年多来倡导发展文化产业的主要功绩概括进去，这本身就不容易，还得符合颁奖人的身份，并采用通俗易懂、朗朗上口的形式，难度就很大了。几易其稿，几十遍的修改，终于创作出颁奖词《徐光春文化强省十二忙》。为使"颁奖词"更加直观，需请书法家书写出来。考虑

研究院戴松成院长和宋瑞祥研究员为徐书记颁发"文化强省特殊贡献青铜鼎"

到 886 字的篇幅，最终决定请著名书法家司马武当以工笔行书写出。戴松成院长又请人谱曲，以河南坠子声情并茂的女声小合唱演唱出来，并录制了光碟。

"民奖官"的消息一经传出，立即得到全省民营文化企业的响应。开封清明上河园公司、郑州小樱桃卡通公司等多家企业纷纷要求参加。经过紧锣密鼓的准备，基座刻有"徐光春"三个字及颁奖时间的"文鼎中原青铜鼎"也做成了。至此，颁奖的筹备工作全部就绪。

2009 年 4 月 6 日，六家民营文化企业联合向省委办公厅并白建国副秘书长呈递了《向徐光春书记颁发"文化强省贡献青铜鼎"的建议报告》及"颁奖词"《徐光春文化强省十二忙》。谦虚谨慎的徐光春书记 4 月 13 日当即做出批示："感谢对我的鼓励。这些都是我应该做的，还做得很不够，我将更加努力地去做。颁奖会不要开了，我近日亲自主持开一个民营文化企业座谈会，听听大家对发展文化产业的意见。"6 月初，全国政协副主席孙家正率全国政协调研组前来河南调研文化建设经验，已经增至八家的民营文化企业又联名上书全国政协调研组，反映徐光春书记重视文化产业特别是民营文化企业发展的情况。可能由于徐光春书记不情愿，颁奖的事情再次被拖延下来。

12月1日，新闻媒体发布中央决定徐光春同志不再担任河南省委书记的消息。戴院长心急如焚，多次电话催请白建国副秘书长。最后他在电话中说："这个奖是我们代表基层民众颁发的，不是个人行为。如果不颁发，我们心里过意不去！"并且提议，"颁奖地点就放在河南省委近邻的龙祥宾馆，颁奖时间就放在晚餐以后。我们可以等到晚上12点。"次日上午，光春书记终于同意晚上参加一个公务活动后"与大家见面"。

12月2日晚7点半，一辆黑色的小轿车驶进河南工会大厦的前院，从车上下来的正是刚刚卸任的河南省委书记徐光春。虽然，他不再担任河南省委书记，但大家仍然亲切地称他"徐书记"。见徐光春书记走来，戴院长等人立即迎上前去。徐光春书记抢先打招呼："老戴，您好呀，老朋友！"两双大手立即紧紧地握在一起。随后，大家走进颁奖场地——龙祥宾馆二楼的龙凤厅。

龙凤厅是龙祥宾馆为新婚宴席设置的高档包间。厅不大，却布置一新。两个大红宫灯将"文化强省贡献鼎颁奖仪式"的红色横幅照得格外鲜明。横幅下方，是一张铺着白色台布的简易条桌，条桌上陈列着奖品和纪念品。条桌的对面，是一个可容纳十几人的喜宴大圆桌。徐书记一进门，就被室内温馨、热烈的气氛感染了，笑容满面地跟大家亲切地握手，热情地打着招呼。一杯热气腾腾的茶水递到他的手里，顿时清香四溢，笑语声喧。

见徐光春书记走进龙凤厅，走廊中几个看热闹的女同志立即围到门口来，其中一位中年妇女高喉咙大嗓地笑着说："哟，这是谁家的新婚喜宴这么有面子啊，把省委书记都给请来了！"她这一喊，莫名其妙的顾客顿时将门口围得水泄不通，有的人竟被挤进了龙凤厅里。

"今晚在这里举行的，不是新婚酒宴，"戴院长高声朗朗地说，"而是全省8家民营文化企业向省委书记徐光春的颁奖仪式。这8家民营文化企业是：河南省文化产业发展研究院、河南省旅游文化产业发展研究会、开封清明上河园股份有限公司、河南天乐电视传媒文化演艺有限公司、郑州小樱桃卡通公司、宝丰县农民书画院、民权县王公庄画虎村村委会、西峡县瑞龙文化有限公司。"这时，响起了河南坠子女声小合唱《徐光春文化强省十二忙》：

大中原，添福音，派来书记徐光春。河南"老一"不好当，人多底薄实力瓤。都说权大好做事，谁知大官苦衷肠。中原崛起如登山，多少难事须担当。越穷越要兴文化，"两大跨越"一齐上。"文化强省"决策好，身先士卒往前闯。一千八百日与夜，不遗余力图奋强。鞠躬尽瘁事例多，平民编唱"十二忙"。

在清脆、悦耳的河南坠子小合唱声中，戴院长向徐光春书记介绍了"文化强省贡献鼎"，从创意、材质到规格、铸造工艺，讲得非常详细，并特别说明，这件作品还到河南省版权局注册了。徐光春书记饶有兴趣，听得认真，问得仔细，还用手指着说，中间像一古篆"文"字，又像一个人，头顶司母戊国鼎，双手叉腰，气势雄壮。他赞道："好啊，很有创意！"他的视线从"文化强省贡献鼎"移至一幅书法长卷《徐光春文化强省十二忙》，只见长卷上工整、清秀的字体书写着：

一为学习忙，文化寻根求端详。五千年间兴衰事，如数家珍著文章。理论实践说河南，国内海外树形象。封疆大吏重读书，带动中原翰墨香。

二为修身忙，打铁还须自身强。文化责任和自觉，国际理念追时尚。创新思维行且知，自我加压志如钢。宵衣旰食为大众，早把河南做故乡。

三为调研忙，文化家底摸清亮。十八地市百余县，探明"金银铜铁矿"。倾听民间呼求声，问计如何走市场。共同打造文化宴，学者服气民赞赏。

四为决策忙，坚持思想大解放。用好法宝金钥匙，提高认识扫路障。文产大会年年开，"十轻十重"拨迷茫。观念更新思路开，文化也要奔小康。

在大家的注目下，光春书记移动脚步，在一尊"杜康·老三所"高档文化礼品酒前停下来。戴院长指着庄重、大气的礼品酒说，我们曾经给您和郭庚茂省长、王全书主席打过一份《关于研发河南特供文化礼品酒"杜康·老三所"的建议报告》。您在报告上批示："这个主意不错，请满仓同志予以协调。"庚茂省长、全书主席、满仓副省长几位领导同志都做了批示。根据省领导批示的精神，研究院创意设计并全额投资制作了"杜康·老三所"这款高档礼品酒。创意源自中国蟠龙御玺，内蕴华夏厚重的酒祖文化和"典藏领袖风范，见证岁月辉煌"的设计理念。"杜康·老三所"高档文化礼品酒，由外罩盒和内碑柱组成。盒、柱材质选用马来西亚珍贵的贝杉木精工雕刻而成。外盒高 39cm，25cm 见方，寓意黄帝九五之尊；内碑镶嵌着以老三所"毛、刘、周、朱、陈、林、邓"七座别墅为寓意的七个酒版酒。代表毛泽东别墅的酒版酒镶嵌于正面，其余六个酒版酒每面各镶嵌两个。碑柱上方嵌有一方梅花印石，供收藏人自主镌刻。最后，戴院长向徐光春书记介绍了由西峡县瑞龙文化有限公司制作的大型徐光春钛镁合金雕像。光春书记一边听着，一边看着，时而询问，时而点头，对一件件具有创意的精美作品连连称赞。赞扬声中，声声河南坠子，依然在欢快地唱着——

五为典型忙，指导工作有榜样。禅宗少林朱仙镇，清明上河加玄奘。亲临现场解疑难，请来专家做智囊。再设八个实验区，手有典型心不慌。

六为龙头忙，拜祖大典成首创。祭拜分开两盛事，一东一西共辉煌。强化固化加亮化，连续四年呈瑞祥。国家钦定为遗产，黄帝文化传万邦。

七为批示忙，看重来信含金量。字斟句酌慎批示，言简意赅指方向。三百批件文化事，呕心沥血字里藏。全国高官皆尚文，谁如老徐近痴狂。

八为落地忙，飞机上天求落降。会议开罢抓落实，鞍马劳顿穿城乡。明察暗访勤督办，约法虚报走过场。层层领导抓落实，文化大仗放真枪。

听到"全国高官皆尚文，谁如老徐近痴狂"，徐光春书记不禁笑了，随后惊奇地问戴院长："'十轻十重''三百批件''金银铜铁矿'这些事看来你们都知道啊，老戴！"戴院长胸有成竹地说："当然！岂止这些，等会儿您接着再听——"这时，戴院长突然压低声音，凑近徐光春书记说："徐书记，今天既然是大伙给您颁奖，咱总得有个颁奖仪式吧！不过，这个仪式非同往常。往常，您是代表省委给先进单位和先进个人颁奖的；今天，我们代表全省8家民营文化企业给您颁奖。我们和您的角色都变了，位置就需要对换一下。"徐光春书记说："老戴，听你的！"说着，微笑着站到象征台下的礼仪条桌外面。他的这一动作，引得大家一片笑声。在"文化强省贡献鼎颁奖仪式"的鲜艳横幅下，戴院长和笔者代表全省8家民营文化企业，共同举起系着大红花结、座基铭刻着"徐光春"三个字、重达13公斤的"文化强省贡献鼎"，庄重地颁给了徐光春书记。顿时，全厅响起热烈掌声。接着，八家民营文化企业的代表两两依序走到"文化强省贡献鼎颁奖仪式"的鲜艳横幅下，将"杜康·老三所"高档文化礼品酒、司马武当硬笔书法书写的"颁奖词"、河南坠子女声小合唱《徐光春文化强省十二忙》的光碟和徐光春钛镁合金雕像作为纪念品,分别赠送给徐光春书记。众多记者和摄影师按动快门,记录下这一非同寻常的历史瞬间。因为这次"民奖官"的颁奖活动,一是平民给封疆大吏颁奖,二是深得"草根界"褒奖,无论对颁奖者还是对受奖者,都是人生引以为荣的一次特别体验,并留下了难以忘怀的记忆。

此时此刻,龙凤厅里沸腾起来。伴着热闹非凡的欢声笑语,河南坠子更加激情高昂地演唱起来:

九为草根忙,农村文化从不忘。惦记民权画虎村,一年一次去探望。心系宝丰文化节,九次题词变现象。文化大院多走访,农村兴旺才兴旺。

十为推广忙,只为文化大传扬。中原文化港澳行,亲自策划做主讲。以文会友求发展,人看河南新眼光。书记成为宣传员,赢得处处掌声响。

十一育才忙,文化强省需栋梁。大专院校常调研,对话师生情意长。改革教育老模式,应用人才重培养。请进走出育才俊,栽好梧桐引凤凰。

十二引资忙,只因文化花钱广。成立"文投"省公司,诚邀商贾齐相帮。鼓励民营多参与,政策出台一箩筐。自己人脉全托出,借人借船去远航。

"颁奖词"演唱完毕,在热烈的掌声中,徐光春书记发表了言简意赅的答谢词。他激情满怀地说:

"按照我们'两大跨越'的发展战略,把河南这个文化资源大省建设成为文化强省,需要各方面的力量,其中一支非常重要的力量就是民营文化企业。这些年来,在省委、省政府的领导下,我省的民营文化企业得到了蓬蓬勃勃的发展，为我们文化事业、文化产业的发展，为中原文化的繁荣做出了积极贡献。今天，我也非常高兴地看到，以河南省文化产业发展研究院为代表的民营文化企业，享受到党和政府关于推进文化产业发展的政策阳光，茁壮地成长起来。我今天很高兴能够受到你们的表扬，得到你们的鼓励。

"你们那么热心、倾力地发展文化产业，这种精神我很感动。用你们的作为来推动河南的文化发展，也是河南文化发展进程中的一个亮点。衷心希望你们进一步做大做强，做出影响，使河南的文化产业在多支力量的推动下，其中就包括民营文化企业的力量，得到又好又快的发展。河南文化底蕴非常深厚，关键是要厘清思路，组织力量，精心策划，这样才能得到有效的发展。现在，思路已经厘清，规划正在制订，力量正在整合，完全可以发展得比其他省更好。相信在中央的方针政策的指引下，河南文化产业的发展，中原文化的繁荣指日可待。也希望我们的民营文化企业在这个进程中发挥更大更重要的作用。

"无论我的工作怎样变动，我都会一如既往地关心支持文化发展，会和大家一起来促进中原文化的繁荣发展。

"谢谢大家，祝福大家。"

掌声再次响起，人人心花怒放。宴会开始，徐书记说，我不会喝酒，但今天我要尝一尝"杜康·老三所"！席间，杯箸交错，美酒飘香。大家频频举杯，共祝河南"两大跨越"、中原崛起的宏图早日实现。

颁奖后大家团坐共同品尝"杜康·老三所"文化礼品酒

133

马氏庄园的宫廷"御味"

2007年10月黄金周，在成千上万潮水般拥向山西省祁县观看乔家大院的游客中，一位操着豫北口音的中年妇女大着嗓门喊道："这乔家大院算什么，我们安阳县蒋村乡那儿的马氏庄园，比这乔家大院要大多了、气派多了！"此话一出，周围的游客顿时向她投去惊异的目光。

当时，这位豫北妇女的话，深深印在我的脑海里，久久不能释怀。一个双休日，我乘车直奔安阳县的马氏庄园，想看个究竟。

一下车，我就购票进入了庄园，这儿的游客比乔家大院要少多了。我参观游览了一天，离开庄园，方觉累了。于是，我找了一家旅馆，沏上一杯清茶，回想马氏庄园恢宏的历史场景，更觉去秋那位豫北妇女的话一点不假，这马氏庄园真是比乔家大院"要大多了、气派多了"。真迹实景与媒体宣传效果形成的反差，让人感叹万千！

马氏庄园坐落在河南省安阳县城西45里的西蒋村，是清末头品顶戴、两广巡抚马丕瑶的故居，建于清光绪至民国初，前后四十余年，以酒喻之，也称得上是"百年陈酿"了。庄园分北、中、南三区，共六路。北区一路，建四个四合院；中区四路，西三路各建四个四合院，中轴线上各开九道门，俗称"九门相照"，东一路为马氏家庙，前后两个院落；南区一路，亦系"九门相照"布局。三区共有厅、堂、楼、廊等308间，建筑面积5000多平方米，占地面积20000多平方米。配套建筑有"马氏义庄"，庄北、中、南有三座花园及马厩、柴草库、仓库等，总面积在70000平方米以上。整个庄园布局严谨，主次分明，错落有致，气势宏大，其规模和气派令人震撼！

如果只论庄园、大院的规模和气派，中国的大地上并不少见；如果论庄园、大院与朝廷的密切关系，那就为数不多了。据笔者所知，除江苏常熟翁氏（翁同龢）、湖南湘乡曾氏（曾国藩）、安徽合肥李氏（李鸿章）等少数朝廷重臣的豪宅外，马氏庄园足令人刮目相看。

庄园主人马丕瑶，清同治元年进士，历任山西平陆、永济知县，解州、辽州、太原知府，山西和贵州的按察使、布政使，广西布政使，广西、广东巡抚兼兵部侍郎、都察院右副都御史，头品顶戴，清廷褒奖他为"百官楷模"。马丕瑶病逝于任上，光绪皇帝闻讯悲痛不已，亲撰祭文，称其"鞠躬尽瘁""性行纯良""名重信史，

马氏庄园

135

聿昭不朽之荣",诰封其为"光禄大夫"(文臣最高称号)、"威武将军"(武将最高称号)。

马丕瑶长子马吉森,清廷翰林院待诏,直隶候补道,花翎二品衔。

马丕瑶次子马吉樟,进士出身,历任翰林院编修、国史馆协修、会典馆总校、湖北按察使、布政使、提学使,赐二品顶戴。辛亥革命后,任袁世凯总统府内史、北洋政府总统府秘书。

马丕瑶三女马青霞,光绪皇帝赐其"一品诰命夫人"。辛亥革命后,她积极追随孙中山先生,投奔革命,成为著名的资产阶级民主革命家、教育家、社会活动家。孙中山赞誉她为"巾帼英雄"。"天下为公"就是孙中山为马青霞题写的,是对她乐善好施、捐助革命的崇高评价。

更令人惊讶的是,马氏庄园不少景点密切关联着清廷帝后的活动,具有浓厚的传奇色彩。例如,慈禧太后与光绪皇帝曾经在马氏庄园下榻,这一点就连常熟翁氏、湘乡曾氏、合肥李氏等豪门的府第也望尘莫及。

马老太太旧居——慈禧太后下榻处 马老太太旧居位于马氏庄园中区中路三进院正房。光绪二十六年(1900年)八月中旬,八国联军入侵北京,慈禧太后与光绪皇帝及包括马吉樟在内的一班护国大臣于八月十五日逃往西安避难。翌年《辛丑条约》签订后,才由西安返回北京,1902年正月初一抵达彰德(安阳)。慈禧太后下榻马老太太旧居。现该房木隔扇上还刻有"眉寿无疆"字样。

马吉樟旧居——光绪皇帝下榻处 马吉樟居室在马老太太旧居后院东厢。1902年正月初一,光绪皇帝随同慈禧太后由西安返回北京途中抵达彰德时,下榻于此。

慈禧太后赐马丕瑶"寿"字轴 光绪二十年(1894年),马丕瑶伏阙入京,先后两次受到慈禧太后和光绪皇帝的召见。慈禧太后于九月二十五日御笔亲书"福""寿"二字各一方,并如意一柄、蟒袍一件、尺头二匹，赏赐给马丕瑶。"寿"字轴，撒金粉红地，长2.87米，宽1.08米。正中书一巨型"寿"字，行书。字首盖有"慈禧皇太后御笔之宝"的朱红御印；两侧为楷书款，右款书"慈禧端佑康颐豫庄诚寿钦献熙皇太后万寿　光绪二十年九月二十五日"，左款书"赐头品顶戴前兵部侍郎兼都察院右副都御史广西巡抚臣马丕瑶"。

马丕瑶"进士第"匾　匾长241厘米，宽99厘米，厚4.5厘米，木质。金黄地，饰浅浮雕云龙纹图案。正中书"进士第"三个大字，行书。右侧书"署户部左侍郎兼管三库事务大理寺卿稽察右翼觉罗学郑敦谨　经筵讲官工部尚书上书房行走翰林院掌院学士镶白旗蒙古都统倭仁　经筵讲官兵部尚书兼管顺天府尹事务万青藜　户部右侍郎兼管钱法堂事务正白旗汉军副都统熙麟为"；左侧书"同治元年壬戌科会试中式第一百八名贡士　殿试第三甲第二十名　朝考第三等第十七名　赐进士出身马丕瑶立"。均为仿宋体。

马吉樟"太史第"匾　匾长242.5厘米，宽99厘米，厚4.5厘米，木质。金黄地，饰浮浅雕云龙纹图案。正中书"太史第"三个大字，行书。右侧书"光绪六年庚辰科会试中第二百九十五名贡士　九年癸未保和殿复试第一等第十四名　殿试第二甲第三十七名　赐进士出身"；左侧书"朝考第二等第七名　授职编修国史馆协修马吉樟"。均为仿宋体。

徜徉于马氏庄园，观赏着古雅的建筑艺术，品味着历史琼浆的芳香，对比乔家大院那样的商贾豪宅，不禁平添一种自豪感，几番滋味、几多遐想不觉悄悄爬上心头。

（本文写作参考杨春富先生的《马氏庄园》）

重建的开封府

北宋时期，开封府为天下首府，气势整肃，建筑壮观。一百多年间，由于黄河泛滥，战争破坏，开封府与北宋皇宫一同毁于水火，荡然无存。往事越千年，开封府今又在七朝古都重建起来，这不能不说是一个奇迹，一个挖掘历史文化、利用古代名人打造当今旅游景点品牌的奇迹。重建开封府，给了我们策划、开发、拓展旅游景点许多有益的启示。

提起开封府，人们自然联想到包拯。包拯所处的时代，距我们今天将近千年。但由于戏剧和民间传说，包公铁面无私、扶正祛邪的形象深入人心。千百年来，老百姓每当受到冤屈时总盼望出个"包青天"解救自己。一些外省人，港澳台同胞甚至海外华侨来游开封，常常是为拜谒包公而来，冲着包龙图打坐的开封府而来。见到包公祠而看不到"开封府"，他们常常扫兴而去。"文化大革命"以来，平反冤假错案，呼吁司法公正，成为社会政治生活中的重要话题。人民群众更加追思缅怀"包青天"，渴望游览"开封府"。开封宏泰房地产开发公司董事长段朝现以灵敏的触觉、锐利的目光，感知和看到这一社会需求，毅然联合开封包公祠旅游发展有限公司决策重建开封府，以九百年来家喻户晓的包公大名打造这一特定历史文化品牌，以满足人民景仰包公、常温常品清官文化的心理。只要社会腐败之风和冤假错案存在，对包公的崇拜热就永远不会消退。从历史文化的传承和社会现实的结合上，以包公的知名度和影响力打造开封府这一旅游品牌，毫无疑义是一个具有远见卓识的策划。

重建开封府，不仅立意好，而且实施操作得也好。首先，府址选择包公东湖北岸六十余亩地，与位于包公西湖的包公祠相呼应，形成"东府西祠"相对集中的景观。其次，府建布局与风格参考李诫的《营造法式》营造。李诫是北宋郑州管城人，约为英宗治平至徽宗政和年间的著名建筑学家，曾任朝廷主管基本建设的将作监（相当于当今的国家建设部部长）。他主持过北宋五王官邸、辟雍（皇室祭祀殿堂）、尚书省机关等十余项重大工程建设，并参阅古代文献、集中工匠智慧，撰修《营造法式》一书。这是中国古代一本重要的建筑学专著。根据《营造法式》，开封府门前迎面为照壁、奉诏亭和颁春亭，"承流"牌坊和"宣化"牌坊左右对称而立；进入府门，以仪门、正厅、议事厅、梅花堂等集中突出包拯活动和功绩的建筑物为中轴线，以左右碑亭、宴宾楼和府司西狱、左右军巡院、左右厅、潜龙宫和英武楼、明礼院清心楼和天庆观等五十余座古建筑为配殿，双双对称，布局均衡而庄重。每座殿堂均采用北宋的建筑风格，较好地再现了北宋天下首府和皇家宫殿的气派，使游客在感悟清官正气的同时，品味北宋府衙文化的神韵，既陶冶情操，又增添游兴。

开封府衙，历史久远，庄严肃穆；包公形象，铁面无私，凛如秋霜。这些都是严肃而沉重的话题。如果看到的、听到的、谈到的都是这些，游人难免感到枯燥乏味，兴趣索然。旅游景点毕竟不是政治说教的场所，游人追求的是娱乐身心。因此，策划者不仅在府内明镜湖畔建范公亭、弦月山，在天庆观前设演武场，还在府前广场举行开衙仪式，在大堂院内演出"铡赵王"、在明礼

开封府夜景

院演出"榜前捉婿"、在天庆观表演太极功夫、在演武场包公接见各国使臣等文艺节目，做到寓教于乐、动静结合，打造回肠荡气、舒展身心的旅游氛围。以游人为本的经营理念，在整体策划中体现得比较完美。

经过两年多的筹划、建设和布展，"开封府"于 2003 年春竣工并剪彩开衙，迎接国内外游客。时过不久，"非典"肆虐，给旅游业带来重大灾难，直到 7 月国家才解除旅游禁令。即使如此，"开封府" 2003 年仍创利润 60 多万元，在开封市各景点中排在第三位。2004 年，游客猛增，势头看好。据统计，仅"十一"黄金周就接待游客 10 余万人，收入近百万元。其中省内外游客各占一半，省外和国外游客较 2003 年有大幅度增加，景点的社会效益和经济效益正在一步步显现出来。

实践雄辩地说明，重建开封府这个策划，有眼力，有魄力，有潜力，还有巨大的生命力！

写于 2004 年 12 月

啊，北宋开封府的长官、副长官！

　　可能由于受传统戏剧的影响，在我的印象里，北宋开封府的知府就是包拯，包拯就是一生打坐开封府的知府大人。这次游览开封府，才真正弄明白，包拯主持开封府事，从宋仁宗嘉祐二年（公元1057年）三月至嘉祐三年（公元1058年）六月，前后只有一年零三个月，时间不长，但影响久远。从北宋至今近千年来，世世代代，由于包公的大名家喻户晓、深入人心，所以才有了这个错觉。

　　北宋从公元960年赵匡胤登基至公元1127年宋钦宗被金兵掠劫北国灭亡，总计167年。在这167年中，据北宋末年刻立的"开封府题名记碑"记载，从宋太祖赵匡胤建隆元年（公元960年）至宋徽宗赵佶崇宁四年（公元1105年）的145年，主持开封府事的计183人次164人，其姓名、官职和上任、离任情况，碑上都有记载。这里之所以用"主持开封府事"来表述，是因为开封府长官名称先后有"开封府尹""权知开封府事""开封府牧"和判官、推官（副职）等，主持过开封府事的人很多，可谓名人荟萃。限于篇幅，这里只列举10人。

　　首先，北宋有三位皇帝于登基前任过"开封府尹"或"开封府

宋太宗　　宋真宗　　宋钦宗　　寇准　　范仲淹

牧"，他们是：

晋王赵光义（宋太宗），曾参加兄长赵匡胤发动的"陈桥兵变"。公元960年，赵匡胤皇袍加身，是为宋太祖。公元961年7月，宋太祖任命22岁的弟弟赵光义为开封府尹，直到公元976年10月宋太祖驾崩后登基，赵光义在开封府尹任上达十五年零三个月，是北宋主持开封府事时间最长的长官。

寿王赵恒（宋真宗），宋太宗赵光义的第三子。至道二年，即公元994年9月，宋太宗任命寿王赵恒为开封府尹，并在开封府治东修建射堂，作为寿王练习射箭、锻炼身体的地方。至公元997年宋太宗驾崩登基，寿王赵恒在开封府尹任上两年零六个月。

太子赵桓（宋钦宗），宋徽宗赵佶的长子。宋徽宗政和五年，即公元1115年，赵桓被宋徽宗立为太子。公元1125年12月，宋徽宗任命太子赵桓为开封府牧。不久，金兵大举南犯，攻至开封城下，宋徽宗于12月13日传皇位于赵桓，是为宋钦宗。赵桓在开封府牧任上不到一个月，是北宋主持开封府事时间最短的长官。

其次，北宋不少官员在升任参知政事、枢密副使、枢密使、同中书门下平章事、左仆射兼门下侍郎（副宰相、宰相）等朝廷大员前，曾在开封府任过职。当朝舆论十分看重"权知开封府

蔡襄　　韩琦　　司马光　　苏轼

事"（知府）"御史中丞""翰林学士""三司使"这些要职。据文献记载，开封府知府人选均由皇帝钦定。判官、推官（开封府副职）也常常由皇帝或政事堂选任。如果亲王或皇太子出任开封府尹（知府）时，其副职判官、推官更是由皇帝精心选拔任命。总之，开封府为北宋皇都的"天下首府"，其长官、副长官不仅应当才华出众，而且必须深得皇帝的信任。除包拯外，下面重点介绍4位权知开封府事（长官）：

寇准(961—1023)，北宋著名政治家。字平仲，华州（今陕西渭南）人。宋太宗太平兴国年间进士。太宗淳化五年(994)被任为参知政事。为官刚正不阿，敢于犯颜直谏，曾一度被排挤出朝。宋真宗即位，进入不惑之年的寇准入朝，被任命为权知开封府事、三司使等职。景德元年(1004年)，43岁的寇准被宋真宗任命为同中书门下平章事（宰相）。他一生多次被排挤，两次入相，在内政、外交、军事方面力排众议，屡建奇功，被封莱国公。

范仲淹(989—1052)，北宋著名政治家、文学家。字希文，吴县（今江苏苏州）人。宋真宗大中祥符年间进士，和包拯同朝。宋仁宗景祐二年十一月任天章阁待制权知开封府事，较包拯任权知开封府事职早二十一年零四个月。他曾多次上书批评当朝宰相，因而三次被贬。仁宗朝，他官终参知政事（副宰相）。他主张建

143

立严密的仕官制度，注重农桑，整顿武备，推行法制，减轻徭役。仁宗采纳他的奏议，史称"庆历新政"。他的散文杰作《岳阳楼记》传诵千古。

欧阳修（1007—1072），北宋著名文学家、史学家。字永叔，号醉翁，晚年号六一居士。庐陵（今江西永丰）人。宋仁宗天圣年间进士。包拯被仁宗提拔为御史中丞后，权知开封府事一职由欧阳修接任。他说："凡人才性不一，用其所长，事无不举。强其所短，势必不逮。吾亦任吾所长耳。"他认为，执政宽简，并不是对政务的放纵，而是不苛不急，既方便于民，又避吏人舞弊。他以宽简政策治理开封府，被后人称为"包严欧宽"。历任翰林学士、枢密副使、参知政事。散文说理通达、抒情委婉，为唐宋八大家之一。其代表作《醉翁亭记》传诵千古。他曾与宋祁合修《新唐书》，独撰《新五代史》。

蔡襄（1012—1076），北宋著名书法家。字君谟，兴化仙游（今福建）人。宋仁宗天圣年间进士。他曾以龙图阁直学士、端明殿学士出任开封府尹，为官威严公正，廉明无私，颇受好评。其书法与苏轼、黄庭坚、米芾齐名，并称宋"四大家"。"开封府"三字为其所书。他十分喜爱茶叶，堪称茶学家，对故乡当地的茶叶生产有过重要的贡献。

最后，担任开封府判官、推官（副长官）的，也多是一代大儒和社会名流，并由开封府副长官辗转仕途。有的一步步被提拔为枢密副使，直至宰相。下面重点介绍开封府三位副长官。

韩琦（1008—1075），北宋政治家、文学家。字稚圭，相州（今河南安阳）人。宋仁宗天圣年间进士。任开封府推官（副长官）、右司谏，曾一次奏罢朝臣四人。宝元三年（1040年）出任陕西安抚使，与范仲淹共同防御西夏。庆历三年（1043年），被仁宗提拔为枢密副使（副宰相）。两年后，因范仲淹被罢副相而自请出任扬州知府，后改任定州、并州知府。仁宗嘉祐年间再次入朝，先后任枢密使、宰相。经英宗至神宗，执政三朝。他坚决反对王安石变法，与司马光、富弼同为保守派首领。去世后封魏国公。

司马光（1019—1086），北宋著名史学家、思想家、政治家。字君实，陕州夏县（今山西夏县）人。宋仁宗宝元年间进士。曾任开封府推官，仁宗末年任天章阁待制兼侍讲知谏院。英宗朝进龙图阁直学士。神宗朝，他坚决反对王安石变法行新政，多次与王安石在神宗皇帝前辩论。被任命为枢密副使，他坚辞不就。他从英宗治平三年（1066年）至神宗元丰七年（1084年）整整奋斗十八年，撰修历史巨著《资治通鉴》，名垂史册。元丰八年（1085年）哲宗即位，召其入京，任翰林学士、御史中丞、尚书左仆射兼门下侍郎（宰相）。为相8个月，全部废除王安石新法后病逝，追封温国公。

苏轼（1037—1101），北宋著名文学家、书画家。字子瞻，号东坡居士。眉山（今四川眉州）人。宋仁宗嘉祐年间进士。经英宗至神宗，曾任开封府判官、翰林学士承旨、翰林侍读学士等要职。他因反对王安石新法而请任外职，先后任杭州通判和密州、徐州、湖州知府，后因赋诗"谤讪朝廷"而被贬黄州。哲宗朝被召任翰林学士，官至礼部尚书，后又被贬惠州、儋州，北还后病逝常州。南宋时追谥文忠。他的诗词气势磅礴，名篇《念奴娇·赤壁怀古》传诵千古；他的散文独具特色，为唐宋八大家之一；他的书法，与蔡襄、黄庭坚、米芾并称宋"四大家"。

北宋开封府名流荟萃，人才济济，由此可见"天下首府"开封府在朝野的影响力和知名度。

郑州人的"御花园"

　　短小精悍，言简意赅，由河南省文化产业发展研究院院长戴松成领衔的惠济区旅游策划方案不足万字，清晰呈现的却是一个规范化、品牌化的精品休憩景区。这个郑州的"后花园"，让人不禁联想起北京的御花园。

　　御花园，皇宫中的花园，位于故宫中轴线北端，坤宁宫背后。明代称宫后苑，清代改称御花园。万余平方米的花园内，青松、翠柏、奇石、藤萝，亭台、殿阁、盆景、甬道，昔日帝王贵妃休息、赏玩的去处，今朝百姓大众观光、游览的胜地。整个花园，布局严整，纤巧秀丽，雅趣横生，令人一游难忘。

　　惠济区位于郑州市北郊，恰如御花园之于故宫北端。但让人联想的根本理由，不是相似的区位，而是策划方案的内容定位，即观光疗养、"健康银行"的主题定位，休憩度假、会议接待的功能定位，天然清新、绿色野趣的形象定位，互动相补的产品定位和郑州市民、流动人口的市场定位。各种各样的定位，凝聚着方案策划者的人本宗旨与惠民理念。北京的御花园，是御用设计者穷其心志、展其所能，为明、清两代皇族的奢华享乐服务的；而惠济旅游区方案，是策划者呕心沥血、矢志创新，为郑州市民及

146

全省人民享受现代化生活服务的。方案的策划者视人民为国家的主人，以对人民的无限忠诚和科学发展观，精心打造供郑州居民和流动人口休憩娱乐、颐养议事的绿色场所。尽管惠济旅游景区的布局、设施、工艺无法与"御花园"的皇家气派类比，但二者各为其主的动机与归宿是相似的。把平民百姓当作上帝伺候，为民众享受社会发展的成果精心谋划现代化的园林和服务，这是当今一切旅游景区策划、规划的根本宗旨。惠济区的旅游策划方案，体现与奉行的正是这种宗旨与精神。

方案为民、惠民的根本宗旨，融会贯通在产品（景区、景点）的布局和设计上。策划者将产品分为核心、一般和配套三种类型。其中核心产品为精品，如为城市白领提供优质服务的"思念·果岭山水"，为儿童妇女提供母子乐服务的"丰乐农庄"，为城里人寻觅野趣提供服务的"富景生态游乐世界"，为城市青年夜游黄河提供的"南裹头黄河不夜岛"，为私家车族"兜风"提供服务的"黄河观光大堤"，为各种中小型会议场所提供服务的"大河农庄"，为城里人品尝绿色餐饮提供服务的"四季同达有机农业生态园"，为城市居民提供观光农业的"金地人家生态园"，应当说游园类别齐全。为适应社会快速发展的需求，策划者又提出新建"黄河中老年旅游度假村""黄河农耕文明村""万亩花卉林果暨农作物观光园""绿色黄河国际论坛""惠济区游客分流中心"等产品，给身处喧嚣闹市的城里人和涉外企业的高层人士提供一个绿色海洋般鸟语花香的"世外桃源"，让他们进出自在，感觉回归自然，放松身心，在青枝绿叶与异国他乡风情中享受快乐人生，回味和体验社会主义"御花园"的别样心情。

方案为民、惠民的根本宗旨，被策划者高度浓缩在市场推广的口号里："郑州人的'健康银行'！""让生命永不透支！""生态惠济，惠济郑州！""黄河岸边温柔乡！"这字字珠玑的广告语中，饱含着策划者对家乡的热爱，对生命的关怀，向百姓大众传递着浓情美意，让郑州人感受一份春风的暖融与和谐的幸福。

惠济旅游区，郑州人的"御花园"。我坚信，随着《生态惠济休闲惠济》策划方案的落地，从郑州"御花园"传出来的欢声笑语中，一定饱含着"健康银行"喜人的高额"红利"！

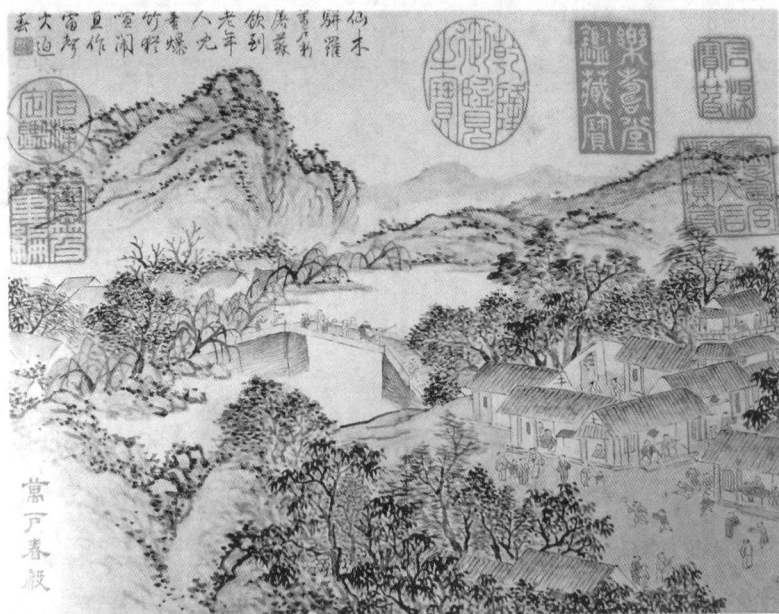

《万有同春》（清）董诰作

郑州凤凰台文化广场畅想曲

凤凰台，一个包含华夏传统文化元素的美丽名字！那么，在中国辽阔的土地上，有多少个凤凰台呢？只要稍加思索，一个个凤凰台就会从您的脑子中蹦出来。看吧，金陵凤凰台（南京）、北京凤凰台、苏州凤凰台、荆门凤凰台、聊城凤凰台、济宁凤凰台、咸阳凤凰台、阜阳凤凰台等，难以历数。但在这里，我们着意介绍的是郑州凤凰台。各地的凤凰台，自有当地关于凤凰的美丽传说，这里我们要讲述的是郑州凤凰台的美丽传说；各地凤凰台与时俱进，各呈异彩，这里我们展示的是郑州凤凰台文化广场的创意和畅想。

一、青龙飞

郑州，最早为商王朝开国君主商汤的亳地。周武王灭商后，封其弟管叔鲜于此，始称管都（管城）。隋开皇三年（583），文帝推行州县制，在管地设立郑州。据明嘉靖年间编纂的《郑州志》载，郑州"城围九里三十步，高二十尺，广有十尺奇。唐武德四年置管州时所筑"。郑州城"门有四，东曰寅宾，南曰阜民，西曰西城，北曰拱辰"。郑州城西南隅建有"夕阳楼"，是历代文人墨客登高吟咏的场所。1965 年以来，郑州考古相继发现青瓷尊、被锯的奴隶头骨、大批青铜器，特别是 1996 年发掘出土了镇国宝器青铜大方鼎，引起世人的关注。2003 年 11 月 30 日，郑州被中国殷商学会和中国古都学会列入中国古都，成为中国八大古都之一。

据远古神话传说，镇守四方的神灵，东有青龙，西有白虎，南有朱雀，北有玄武。四灵被引入道教，成为道教尊崇的守护神；四灵被用于天文，又称四象，成为古代先民判断星辰方位观天象的依据。

四灵的理念，对人们认识郑州颇有启迪。据《郑县志》记载和老人们的回忆，郑州东门外，原是汪汪一片水，那是绿波荡漾的东湖。春夏秋冬，水中的芦苇在风中摇曳，芦苇下边，鱼虾成群，最大的鱼竟有几十斤重，一个人都抱不动。由郑州东方、湖水、大鱼这一个个实景，老人们猜想，这里定有青龙藏身。郑州是藏龙卧虎之地。新的神话成为郑州民间茶余饭后的谈资。但是，时间经年累月地轮回着，郑州人谁也没有看见过龙，谁也没有看到过虎。

这也难怪，龙原本就是神话传说中的神异动物。它反映了人们对瑞兽的崇拜与渴望，属于精神的图腾。但人们完全可以发扬龙的精神，通过创意、拼搏、赢利和积累，打造出造福人类社会的企业青龙，从而把神话变成现实。

河南省鑫山实业发展有限公司总裁朱铁玉信奉的正是这种哲学。20 世纪 60 年代初，还是小青年的他，只身从郑州东郊圃田镇走出，备受生活的煎熬，饱尝贫穷的滋味，摸爬滚打在社会底层，具有深厚的平民情结；从事各种小生意，走南闯北，见多识广，慢慢悟出经商的门径。他虽然读书不多，但长期潜心社会大学钻研、历练，大志在胸，坚信既然人能创造出神话，也必然能将神话变成现实。

1995 年，朱铁玉举起了鑫山置业有限公司的旗帜。经过 13 年的艰苦奋斗和市场博弈，鑫山置业有限公司成为河南乃至中国中部地区大型民营企业之一。2008 年公司员工近千人，注册资金 1 亿元，企业资产总计超 20 亿元人民币。园区建有占地 25 万平方米的九大现代化专业卖场，15 万平方米的四大专业建材批发市场，2 万平方米的国际建材精品街，吸纳 4000 户商家进驻；拥有 5000 平方米的商务会所、4000 平方米的设计师图书馆、3000 平方米的促销市场、15 万平方米的商务公寓与 1800 个停车位予以配套；辅以金融、保险、工商、税务、邮政、网络、物流等综合服务；河南境内豫北的温县、豫东的睢县、豫南的潢川等二级市场也在强力推进建设之中。

一条民营企业的青龙渐渐地浮出郑州东湖的历史水面，并进入中州乃至国人的视线，人们普遍关注这条青龙的走向。朱铁玉说：鑫山企业已经有了基础性的规模总量。企业发展到今天，一个明显的缺憾突显出来，这就是企业文化。我现在最大的愿望就是建一个凤凰台文化广场，重修凤凰台，塑个几十米高的汉白玉大凤凰，把凤凰台几百年的美丽传说变成现实，留给后人，留给家乡！营造凤凰台文化广场就是想填补企业文化这一不足，为鑫山插上腾飞的翅膀，把知名度、影响力扩展到全国、全球。

朱铁玉关于凤凰台文化广场的构想，让人想起画龙点睛的故事。据唐代张彦远《历代名画记》载，南北朝时期的画家张僧繇曾在金陵（今南京）安乐寺的墙壁上画了四条龙，条条活灵活现，但均未点眼珠，让人总感美中不足。观者问其故，张僧繇说："如点上眼睛，龙就会飞走。"人们不信，要他试试。张僧繇迫于无奈，只好答应观者要求，给两条龙点上眼睛。哪知刚一点上，顿时乌云翻滚，雷电交加，两条龙破壁高飞了。现在鑫山置业有限公司这条青龙，朱铁玉也要为它点睛了。那么，人们将不难看到一家民营企业的青龙乘着时代的风雷浪涛，破壁高飞！

二、玉凤舞

龙飞凤舞，先民之言。青龙高飞，必引凤凰的美丽传说。

凤凰，是华夏先民虔诚崇奉的神鸟。2004 年 2 月，在湖南省洪江市高庙文化遗址出土一个距今已有 7000 余年的白色陶罐，罐上就有凤凰图案；安阳殷墟妇好墓出土的玉凤凰，更是精美绝伦。历代的典籍中，关于凤凰的记载更多。《尚书·益稷》："箫韶九成，凤凰来仪。"《论语·微子》："凤兮，凤兮，何德之衰！"《山海经·南山经》："丹穴之山，……有鸟焉，其状如鸡，五采而文，名曰凤凰。"王充《论衡》："夫凤凰，鸟之圣也。"汉代焦赣《易林·震之中孚》载"神鸟五采，凤凰为主。集于山谷，使年岁有"，等等，可谓不胜枚举。

据中国古代四灵的神话传说，东方青龙的组成是麒与麟，而南方朱雀的组成则是凤与凰。凤凰，历代称之为"百鸟之王""神鸟""神雀""圣鸟""仁鸟""瑞羽""仪禽""仙禽"。凤，雄性，凰，雌性，一般统称为凤。凤，喻有圣德之人。中国传统文化中就有"凤德""凤仪""凤巢"之词。凤凰来舞而有容仪，是一种祥瑞的征兆。凤，羽毛似锦，华贵艳丽；凤，形体俊美，清秀高雅；凤，寓意喜庆，象征祥瑞。与龙类比，凤是人们对善良、吉祥的赞美与呼唤。

郑州祭城镇有个凤凰台村。这个村因凤凰台而得名。据明阴化阳所撰《东山胜地》载："郑巽隅（即东南）有凤凰台，遥睇山峦，云翠飞动，台近仆射李冲（北魏人，系魏孝文帝之重臣，官至尚书仆射。孝文帝曾将东湖赏赐于他——引者注）之陂塘，其西北有龙岗嶙峋，灵泉喷玉……台之自北而东，绿柳塔廊，碧荷之殿。夏秋间，极目注望，荷香十里，识者拟之为东山胜地。余素有山水癖，遂竭孚囊以买山，于台上建一亭曰'来仪亭'，又曰'水云亭'。台之北植二坊，临路曰'凤凰台'，路以内曰'竹梧栖凤'。"

凤凰台附近还建有"觉轩""登高远望亭""先月楼""君子亭"等，亭台楼榭，堪称胜境。郑州凤凰的美丽传说，就源自这个颇具历史情怀与诗情画意的小村庄。应邀，朱铁玉动情地讲述了凤凰台那一个个美丽的传说。

凤凰台村的传说

相传很久很久以前，郑州波光粼粼的东湖岸边，有一片葱茂的梧桐树林。林中有一梧桐，尤为高大挺拔，枝叶茂盛。这棵高大的梧桐树上，栖息着一对容美体健的凤凰。人们择水而居，陆续迁居这里，聚住成村，与凤凰为邻。一对盘旋在东湖上空的老鹰见湖水清澈，梧桐茂密，村民善良，气象祥和，以为这里是一块风水宝地，也想于此居住。老鹰刚落树丫上，即见凤凰在此，顿生醋意。老鹰恨死了凤凰，便与东海的龙王密谋，吸干湖水。凤凰眼见湖面一天天缩小，湖水一天天变浅，焦灼万分，不禁潸然泪下。它想用自己的眼泪补充消失的湖水，维持村民的生计。从此，凤凰的眼泪滴滴入湖，日夜不息，直至泪干身死。凤凰的献身精神，深深感动了村民。村民们怀着无限深情，将凤凰安葬在湖岸的土岗，在岗上又修了一座凤凰台。为了怀念这只舍己救人的凤凰，村民们商议，将自己居住的村庄定名为凤凰台村。

凤台荷香的传说

明、清时期，凤凰台已是闻名遐迩的游览胜地。据《郑县志》载：凤凰台下，东湖周边，"夏日荷花盛开，香风袭人，一郡之胜概也"。又载："顺治十一年，大雨淫潦，屋墙倾，万室塌。本州东凤凰台池内，开并蒂莲数枝。一茎歧枝，红白两朵，出于污泥，馨香四射。""清乾隆六年，凤凰台莲开并蒂。"凤凰台的美景奇卉，年年吸引众多诗人、画家前来观赏、吟咏、描绘。《郑县志》就记载了一幅《凤台荷香图》，图中亭台楼榭，宛若仙境，并有王士禛、张钺赞美郑州凤台荷香的诗篇，成为美丽传说的历史见证。

凤台大米的传说

相传很久很久以前，郑州东湖边上的梧桐树上，住着一对美丽的凤凰。村民与凤凰和谐相处，共饮湖中洁净甘甜的湖水。凤凰饮足湖水，尽情歌舞，为村民生活平添无限的乐趣。东湖水连着东海水。此情此景被残暴的龙王知道了，龙王传令凤凰到东海龙宫，做它的歌伎。凤凰向往人间的自由，坚贞不屈，宁死不就。龙王大施淫威，一口气将东湖水吸干。正直忠义的凤凰将自己的眼泪一滴一滴滴进湖中，灌满东湖，悄然死去。村民用凤凰的泪水浇灌水稻，水稻碾出的大米，一头粗、一头尖，晶莹别透，粒粒似凤凰的眼泪。因凤凰宁为玉碎，不为瓦全，大米蒸熟后粒粒挺立，呈现出威武不屈的英姿。

不知何故，凤凰台大米的传说传入了清宫。慈禧太后闻讯，也要品尝。御厨将蒸熟的"凤米"端上御席。慈禧太后细看，米状未立，勃然大怒，斥责郑县知县犯下欺君大罪，当斩。郑知县接旨，哀求再试，慈禧太后恩准。郑知县速让凤凰台村巧妇进宫，为慈禧太后蒸米。米饭熟后，果然粒粒直立，慈禧太后大喜。从此，"凤米"成为向朝廷进贡的"贡米"。

新中国成立后，毛泽东主席多次亲临郑州视察，闻此传说，颇感兴趣。1960年5月，凤凰台村人民特意精心加工100斤"凤米"，敬献北京中南海，请毛主席品尝。

随着故事情节的展开，我的脑海呈现出一幅幅斑斓多彩的画面。朱铁玉更加兴奋地说："人家别处没传说，生窟窿打洞，绞尽脑汁，编故事，拍电影，宣传张扬。我们凤凰台的传说，是老祖宗给留下来的。可以说，凤凰台的故事在郑州城郊家喻户晓，扎根在老百姓的心中。我认为，这就是文化，民间的文化。""民间文化，是一方水土独特的精神寄托，它紧紧联系着世代百姓的神经与根脉。这是咱郑州宝贵的文化资源，应当抓紧开发这一资源。"

最后，朱铁玉胸有成竹地说："过去，咱郑州老百姓听凤凰台的传说故事。现在，我想让咱郑州老百姓以及全国各地路过郑州的客人，还有世界各地来郑州观光旅游的国际友人，看凤凰台的传说故事！"朱铁玉把"看"字的音咬得特重特重。

朱铁玉的话让人浮想联翩：传说中的凤凰要复活了！玉凤要起舞了！

三、宏图起

凤凰台的传说故事中，龙王与凤凰俨然是不共戴天、势不两立的仇敌。朱铁玉斩钉截铁地说："这个要改！我们要让凤凰起舞，为龙点睛。龙飞凤舞，龙凤呈祥！"

"龙飞凤舞，龙凤呈祥"，好一个经济与文化、社会与自然和谐发展的科学理念！而体现这一理念的，是朱铁玉潜心思索，并聘请文化产业专家而最终绘制的蓝图。透过这张蓝图，人们可以想见凤凰台文化广场独树一帜的恢宏气象，足可让一切人，包括河南人和外省人、中国人与外国人触景生情、惊讶震撼，并由衷发出各种各样的赞美与感叹！

凤凰台文化广场位于郑州市区郑汴路凤凰城的中心位置，占地面积100亩，是鑫山置业有限公司准备投巨资打造的集休闲、旅游、娱乐于一体的大型文化主题广场。

广场内将恢复修建古雅的凤凰台，塑立汉白玉巨型展翅大凤凰，设古今郑州名人庭院，安放郑州出土的经典青铜雕塑，树立北宋至今郑州知州、市长（书记）名录碑，在广场适当的建筑物墙壁贴郑州古代八景浮雕和古代郑州社会生活与风情人物壁画。广场以梧桐和荷为主，栽植黄金楸、银杏、凤尾松、凤尾竹、凤尾兰、榆、柳和枣、杏、桃、梨等，突出与凤凰密切关联的树种和中原树种。同时，广种牡丹、芍药、月季、菊花和凤仙花等，力争四季常青，季季有花，创造一个名副其实的绿色家园，为前来观光的人群提供一个高雅、优美的文化娱乐环境。

广场既然冠名凤凰台文化广场，就要突显历史文化的品位与内容，给游人一种新颖别致的视觉冲击力和丰富多彩的心灵体验。广场的历史文化内容，拟从六个方面展示：

（一）古代"郑州八景"微缩

1. 凤台荷香

遗迹在今郑州市管城区圃田镇凤凰台村。清雍正年间郑州知州张钺曾作诗咏赞，诗曰："台荒不见凤来翔，路转回廊得小凉。十里熏风三尺水，红云擎出翠云乡。"

历史上"凤台"的旁侧，是一片湖水，村民利用湖水种植莲藕。当时，湖中曾修建有水云亭、鸣凤亭、君子亭、得月楼等建筑，画栋雕梁，造型优美；湖岸有一土坡，叫作仆射坡。传说曾有凤凰群集坡上，因此在坡上修台，故名凤凰台。登台远望，湖光水色，尽收眼底。每年荷花开放季节，十里荷塘，香飘袭人，成为郑州八景之一。

2. 圃田春草

遗迹在今郑州市管城区圃田镇。清雍正年间郑州知州张钺曾作诗咏赞，诗曰："薮泽平铺嫩带烟，偶经酥雨倍芊绵。年年占得春风早，怀古重吟圃草篇。"

据《中牟县志》记载，隋、唐时代，圃田地区原是一片湖水，被称为圃田泽。明朝时，黄河多次决口，湖区被黄沙淤积，成为一片沼泽。每年早春，各种水草应时而生，遍地如茵，景色优美，因而被誉为郑州八景之一。

3. 卦台仙境

遗迹在今郑州市管城区圃田镇。清雍正年间郑州知州张钺曾作诗咏赞，诗曰："辞粟遗荣善自全，冷然一语寄真诠。西游也在人世间，赢得千秋强号仙。"

卦台，就是圃田的八卦御风台，与列子有关。列子，也叫列御寇，郑国人，战国时期思想家，曾隐居圃田四年之久。著有《列子》，记载的多是寓言故事，如《愚公移山》。后人为纪念列子，专门在圃田村北修建了列子祠堂。始建时间已无从查考。据碑文记载，祠堂一度被改为佛寺。明万历年间曾进行过重修，并立有《重修列子祠堂记》的碑石。祠堂长方院落，有正厅和左右厢房。厅前立有明清的碑文。祠堂前有潮河，后有丘陵，一派风光，因而成为郑州八景之一。

4.古塔晴云

遗迹在今郑州市第一人民医院附近的开元寺舍利塔。清雍正年间郑州知州张钺曾作诗咏赞，诗曰："擎天一柱映斜曛，高造浮屠上入云。伊孰当年藏舍利，烟岚雨后色平分。"

郑州东大街（市第一人民医院院址）开元寺是当年郑州一大寺院，建于唐玄宗开元年间。北倚东城墙，是一座八棱砖塔。塔高十三级，高十余丈。寺有两道山门，内有卧佛殿和大雄宝殿。卧佛殿早已倾塌；大雄宝殿在抗日战争前基本完好。北殿内塑有"三世佛"，身高丈余，座前立韦陀、韦力两员天将；东西神台塑有十八罗汉。殿堂山门坍塌后，只剩下佛塔。此塔原为开元寺藏经的地方。塔内各层有棚板，层层有梯，拾级而上，可至塔顶。郑州八景之一。

5.龙岗雪霁

遗迹在今郑州南郊。清雍正年间郑州知州张钺曾作诗咏赞，诗曰："六出飞花一夜翻，朝来玉蟒卧微墩。琼瑶满眼丰年瑞，尤爱空明画里村。"

龙岗指的是郑州城西南卧龙岗。据郑州老人回忆，这里当年是茂密的森林。郑州开埠以前，城西原是一片旷野。登高西望，视野开阔，地形地貌一目了然。尤其是雪后晴天，站在城西楼上，极目远眺，长岗横贯南北，蜿蜒起伏，犹如一条长龙，十分壮观，因而成为郑州八景之一。

6．梅峰远眺

遗迹在今新郑西南方之梅山。清雍正年间郑州知州张钺曾作诗咏赞，诗曰："远近群瞻卓笔形，无心出岫忽升腾。鸽王离怖梵天近，五色蒸霞绕上层。"

梅山，位于新郑西南 27 公里处，系五指岭山余脉，似乳形，旧多梅花，故名。据传，当年山上多种梅花，每逢梅花盛开时节，满山飘香。山上曾有三皇庙和玉仙圣母庙，山下有仙母洞，为郑州八景之一。

7．海寺晨钟

遗迹在今郑州市区内黄河路与南阳路交叉口附近的海棠寺。清雍正年间郑州知州张钺曾作诗咏赞，诗曰："明灭残星漏已沉，数声清响振袛林。邯郸丰枕擎回梦，转与枯禅定慧深。"

海寺即郑州人习惯叫的"海棠寺"，实为"海滩寺"之误。据说，历史上的黄河从孟津向北流去，郑县并不临黄河。在郑县城北城东以至中牟，有一片辽阔的湖泊，海寺因临湖，故名海滩寺。传说中该寺建筑规模巨大。《金史》记载："元军大兵驻郑县海滩寺，遣使招哀宗降。"系郑州八景之一。

8．汴河新柳

遗迹位于郑州北郊。清雍正年间郑州知州张钺曾作诗咏赞，诗曰："丝垂柳绾点春光，苒苒轻阴汴水长。自是东君多护惜，一天雨露染新黄。"

汴河，即贾鲁河。发源于新密，从郑州西向东，流至中牟，后经尉氏、周口入淮河。历史上是一条漕运河道。河岸栽种大量柳树，柳丝绵绵，绿荫铺地，加之河中来往不断的船只，成为郑州八景之一。

（二）名人咏郑、咏凤凰诗词名篇题壁（34篇，具体内容略）

（三）古代郑州社会生活与风景人物壁画复制（13幅，具体内容略）

（四）古今郑州名人庭院筑造（10人，具体内容略）

（五）郑州经典文物雕塑

1．新郑莲鹤方壶

2．子产铸刑鼎

3．郑州张寨南街出土青铜大方鼎

4．郑州二里岗出土青瓷尊

5．密县三彩舍利塔

6．郑韩故城蟠虺形铜鬲

7．郑州大河村遗址出土彩陶双连壶

（六）历代郑州长官名记碑（内容略）

四、丰碑立

名人效应在名胜的传播中尤为显著。浙江的兰亭，因王羲之的书法《兰亭序》而名传千古。江西的滕王阁，因王勃的《滕王阁序》名驰四海。湖南的岳阳楼，因范仲淹的《岳阳楼记》被选入课本而铭刻在一代代青少年的心坎中。文中"先天下之忧而忧，后天下之乐而乐"为千古名言。人们传颂着《岳阳楼记》，同时就在传播着岳阳楼。兰亭、滕王阁、岳阳楼几乎家喻户晓，人人皆知。

这一历史文化现象对我们很有启迪。凤凰台文化广场在规划建设中，建议在巨大的汉白玉凤凰基座上铭刻《郑州凤凰台记》千字文，千字文的内容包括凤凰台的传说、鑫山置业有限公司的崛起以及凤凰台文化广场的营建过程，还要有可被传颂的至理名言。其作者的选择办法有二：一是直接请国家级大师撰写；二是悬赏重金征文，千万不要请官员（包括中央级的高官）来做。两种方法各有利弊。需要特别强调的是，请名家做"名记"，是凤凰台文化广场的"生命之核"，万不可掉以轻心，等闲视之。

凤凰台文化广场作为郑州历史文化的一座丰碑，在策划与规划中，应当确立经得起历史检验的理念，将广场定位搞得更加准确，将工程的质量夯得更实，并请各路专家把关，做到千年大计，无怨无悔。其中，策划、规划和建设必须密切关注四点：

（一）地标性

北京的景点很多，你如果到北京，要看的首选当是故宫和长城；西安的景点很多，你如果到西安，要看的首选当是秦始皇兵马俑博物馆、大雁塔、华清池；上海的景点很多，你如果到上海，一定会登上东方明珠塔看看上海全景；苏州的景点，特别是园林很多，但你绝不会忘记转转拙政园、狮子林。因为这些景观都是这些城市地标性的建筑。对郑州而言，"凤凰台"三字有和郑州人生命一样丰富而深刻的含义。凤凰台，是郑州历史文化的载体之一，是一种牵动乡土情怀的称谓。郑州城市的生命密码，相当一部分就储存在"凤凰台"三个字中。所以，一定要将凤凰台文化广场打造成郑州的一张名片。你要了解郑州，就不能不到凤凰台文化广场转转；外地人到了郑州要让他发自内心提出很想到凤凰台看看，因为那里储存着郑州深厚的历史文化底蕴，同时展示着郑州现代化企业的风采。

（二）文化娱乐性

这些年，陈列性的说教场馆门可罗雀，人们不愿到那些枯燥乏味的地方"接受教育"；一些红色的旅游线路，虽然参观人数不少，但多为单位组织，并非发自各人内心的渴求和欲望；旅行社与各类商场密谋的行程，越来越让游客反感，因为那是一种名为旅游、实为购物的骗局。从当今这些社会现象可以悟出，凤凰台文化广场的确切定位，是文化休闲、娱乐和旅游，是企业一种公益文化的表现形式。它体现出来的，是文化的本真内涵，摈弃的是"打造文化的平台，大唱经贸促销的戏"。老百姓自会本能地从各类所谓公益建设中品出不同的滋味。真诚地为民众提供社会文化娱乐服务，更能赢得民心和信赖，从而口碑相传，代代不衰。这是企业文化的核心所在。作为民营企业，更加难能可贵，也更得人心。

（三）独创性

创意产业是当今时代的宠儿，似朝阳方兴未艾，前程似锦。独创性是创意产业的本质属性，是在差异性基础上的品质升华。冯骥才先生曾经说过："任何城市的魅力，首先来自它独有的建筑美。这些风情独特的建筑，是城市情感与精灵的化身，是一方水土无可替代的人文创造，是它特有的历史生活的纪念碑。"凤凰台文化广场从宏观到微观，从策划到规划绝不要照搬和仿效，方方面面力争别出心裁。与郑州其他建筑相比，与国内其他城市的地标性建筑相比，凤凰台文化广场的创意无可替代。

（四）可持续性

可持续性体现在：一是品位，二是质量，三是延伸。首先，没有品位，盲目跟风，时过境迁，自然消失。这种例子在各地建设中屡见不鲜。什么是品位？品位就是文化，就是将当地的历史文化元素融进建筑物的灵魂与血液中，而不是将文化作为建筑物的标签。其次，没有质量，只求速度，事倍功半，劳民伤财。这个道理浅显易懂。鑫山置业有限公司的建筑品质，相信正如总裁的名字，如铁似玉，锦上添花。最后，凤凰台文化广场具有丰富的内涵。它的内涵在高新科技迅猛发展的时代背景下延伸。"凤凰台"是一处文化的富矿。比如开发"凤凰台传说"的动漫产业，请著名词曲作家创作《郑州有个凤凰台》的歌曲，创作出版鑫山置业有限公司与凤凰有关的小说、戏剧、诗词和绘画。这些作品与活动，又可通过网络发布出去，传遍全球。

刊物的一面镜子

《名人传记》从 1999 年第 1 期起，对版式设计进行了初步的改革。这算一个尝试吧，或者叫作探索。这份在中原沃土上创办了十五个春秋的文艺刊物，总算突破了长期只重内容的藩篱，开始关注自身的"仪表"和"着装"了。这是时代潮流和社会氛围推动的结果。编辑思改，应当说是一件好事；但改得好不好，则是另一回事。对这次改革的效果，热诚欢迎广大读者评说，发表高见。

一种优秀的期刊，同时应当具有优秀的版式设计和画面效果；一种高品位的期刊，同时应当具有高品位的版式设计和画面效果。版式设计和画面效果是刊物的一面镜子，设计者的水平和情趣，编辑同人的面孔和生气，刊物的风格和个性，都会通过这面镜子清晰地反映出来。和刊物的内容相比，版式设计和画面效果似乎只是刊物的形式，因而往往被编辑部遗忘，被办刊人忽视。这也是中国期刊同西方杂志最大的差距之一。在社会主义市场经济的大潮中，作为文化商品的期刊，其版式设计和画面效果就成为一个不容忽视的重点，一个对读者视觉感官能否产生冲击力的关键部位。

这次版式改革，我们之所以称作"尝试"或"探索"，一是为了更好地倾听广大读者的宝贵意见和建议，以便我们集思广益，进一步搞好本刊的版式设计；二是为了坚持不断地改革，以刊物的内容定位确定刊物的版式定位后，常改常新，不断丰富审美情趣，奋力强化刊物特色，争取把《名人传记》办成传播中华优秀文化的艺术使者。

写于 1999 年 1 月

《黄山西海》
（姚传禄 程明铭作）

向读者提供新鲜的精神食粮

——致辽宁作家胡清和先生的一封信

胡清和先生：

大作《张恨水婚恋传》已经拜读，写得挺不错。在这篇万余言的作品中，您是把张恨水的人生经历、作品和爱情、婚姻糅合在一起写的，内容活泼有趣，文笔清丽晓畅，文思有如泉涌，正如您过去的作品一样，使人一看就想看完。这是我对您的作品最深刻的印象。

张恨水是现代擅长写言情小说的著名作家，也是一位多产的、著作等身的作家。关于张恨水，我刊曾先后发表过三篇传记文章。第一篇是王冠军撰写的《张恨水轶闻趣事》，发表在 1987 年第 2 期上。文中列出小标题 8 个，所述轶闻趣事确实可读有趣。第二篇是郑中鼎撰写的《"文学机器"——张恨水》，发表在 1992 年第 9 期上。文章集中写了张恨水从《春明外史》《金粉世家》到《啼笑因缘》的创作等，其创作速度之快、作品之丰，堪称"文学机器"。张恨水自己也弄不清一生著述多少，有人估计可达 3000 万言。第三篇是张震群撰写的《张恨水的婚姻》，发表在 1994 年第 10 期上。这篇文章基本没有涉及张恨水的作品，而集中写其情爱和婚姻。您现在的这篇《张恨水婚恋传》，包括张恨水的人生经历、作品和婚恋，甚至包括"恨水"一名的由来，在上述三篇文章中都曾写到，再发表就是重复。因此，我不得不遗憾地告诉您，您的这篇传记作品《张恨水婚恋传》尽管写得很好，但我们不能采用，只有请您谅解。

由此，我想到我们在编辑工作中经常碰到、同时也为许多作者困惑的一件事，就是同一名人、同一事实的重复撰写。许多文章写得是不错的，结果一查，过去我们刊物用过；或者到资料室一查，兄弟报刊已有多家用过。重复撰写，重复出版，这是劳民伤财毫无意义的事。《名人传记》从1985年创刊，已经历时12年，出刊已达135期。政界、军界、文化艺术界、体育界等方面的近现代和当代名人的传记作品刊登很多，有些名人曾多次刊出。比如军界，我国的，中共方面，元帅、大将的传记基本都刊登过(据查，谭政大将的传记尚未刊登)；国民党方面，从李宗仁、白崇禧、何应钦、陈诚到汤恩伯、刘峙、樊钟秀、孙殿英也都发表过。再如体育界，从容国团到邓亚萍、从李宁到李小双、从杨文意到伏明霞、从刘长春到王军霞等，许多明星、冠军的传记都发表过，再重复去写、去登，就没什么意思了。当然，如我国获国际金牌最多的乒乓球冠军邓亚萍的传记《乒乓魔女——邓亚萍》发表在1991年第3期上，如果去写邓亚萍1991年后新的事业辉煌、新的人生历程那是另当别论了。

我们的责任是对读者负责，不断向他们提供新鲜的精神食粮。随着时代的发展，新名人层出不穷。作为社会主义精神文明的传播者，我们首先应当把目光集中到新的名人身上，反映他们的成就，书写他们的春秋，使广大读者从中感受时代脉搏的跳动，振奋精神，共创中华民族美好的未来。

《名人传记》编辑部

1997年7月

名人传记的兴味

　　在我国，传记文学具有悠久的历史。作为文学样式之一种，它有着其他文学体裁所不能替代的特点和品位。尤其是名人的文学传记，对广大读者来说，具有更大的吸引力。人们有一种普遍的心理，都希望知道名人是怎样成名的。了解名人，研究名人，学习名人，探索人生成功之道，是很有兴味、很有意义的。这大约也是名人传记文学作品备受欢迎的原因。

　　以繁荣当代传记文学创作、向人民群众提供优秀精神食粮为宗旨的《名人传记》，自创刊以来一直受到人们的青睐和厚爱，发行量稳步上升。对此，我们深感荣幸和欣慰。为了满足广大读者了解名人、认识人生、开阔视野、启迪心灵的企盼，我们从1985年创刊以来的《名人传记》中，选出一批精粹之作，按各个传主一生的主要活动和事业，分为政治、军事、文艺、科技教育、体育等若干大类，分册编辑，组成这套"名人传记丛书"，奉献于读者面前。

　　编入"名人传记丛书"的中外今古名人，有共产主义运动的传大领袖，杰出的无产阶级革命家、军事家，做出卓越贡献的科学家、教育家、医学家，为人民群众喜爱的文学家、艺术家和奋力拼搏勇夺世界冠军的体育健儿；也有站在历史的对立面、逆潮流而动的政坛头目和鱼肉百姓、称霸一方的枭雄；还有活跃于国际舞台的外国元首和政府首脑，等等。读者自然会从这斑斓多姿、异彩纷呈的不同人生历程识别真善美和假恶丑，陶冶情操，获得有益的启迪。

在改革开放的大潮中，我们推出"名人传记丛书"，希望广大读者能喜欢它。我们相信，搏击时代风云的新的一代名人，一定会大批地涌现出来！《名人传记》月刊和"名人传记丛书"，将继续展示他们熠熠的风采！

写于 1992 年 4 月

（1993 年 2 月由《名人传记》编辑部编辑、河南人民出版社出版的"名人传记丛书"计《建国前后的毛泽东》《当代中国的智慧之星》《乱世之中的一代枭雄》《从吴三桂到蒋家父子》《称雄世界体坛的拳王·魔女·冠军》和《历史激流中的异国首脑》6 种，其中《从吴三桂到蒋家父子》被台湾先智出版事业股份有限公司购去版权出版。作者时任《名人传记》编辑部主任，主持丛书的编辑工作。这是丛书的前言，标题是收入本书时添加的。）

《春风又绿江南岸》
（侯德昌作）

历史在这里沉思

——答《河南新闻出版报》记者问

问：河南文艺出版社编辑出版的《名人传记》，是一份在全国读者中颇有影响的名牌期刊，曾先后两次荣获国家新闻出版署评定的"全国百种重点社科期刊"奖；连续五届荣获河南省社科类优秀期刊奖，被评为首届和第二届河南省社科类期刊"二十佳"、历届河南省一级期刊；在首届河南省社科类期刊编校质量评比中，荣获第一名；在南京召开的第二届全国民间文摘研究会上，被评为全国"转载率最高的十佳杂志"之一。作为《名人传记》的执行主编，请问宋主编，《名人传记》的品牌是怎样锻造出来的？

答：期刊的品牌，建立在期刊的特色和风格上。《名人传记》的厚重和沧桑，包容真实性、文学性的知识含量，稳健、高雅、大气的刊物风格，正是《名人传记》品牌的基石。《名人传记》这个品牌来之不易。她经历十七个春秋的风雨洗礼，得到几届局领导、社领导的热情扶持和精心呵护，前后多位主编、几十位编辑呕心沥血、精心策划、广泛组织、认真编校，从一篇篇传记、一期期刊物经年累月走到今天，已经出版196期。《名人传记》的品牌就是这样锻造出来的。创品牌不易，保品牌更难，因为你要不断地奋力超越。在当今期刊如林、竞争激烈的环境中，尤其不易。这些年，由我担任《名人传记》的执行主编，时时感到肩上责任的重大。我总是害怕这个来之不易的品牌毁在我这一任上，无法交代。因此，对刊物的各个环节，角角落落，我都十分细心。在全国，同类期刊不少，有的还办得相当不错，但是如果导向失控，或者超越办刊宗旨，就要断送刊物的生命。现实中，这样的例子，江南、北国都有。所以，保持《名人传记》的品牌，我们特别注意恪守办刊宗旨，坚持刊物正确的政治方向和舆论导向，全面准确地贯彻党的路线、方针、政策和出版法规，严格遵守党的宣传纪律，维护国家利益，促进祖国统一、民族团结和社会稳定。

问：你们怎样提升刊物的品质？

答：这个问题提得好。人讲品质，物质产品讲品质，精神产品同样要讲品质。品质是内在素质的浓缩和概括。我们始终把刊物的内容放在首位，不断改进，扎扎实实提升《名人传记》的品质。刊物的内在品质是由一篇篇新颖、实在的文章和具有文献价值的图片构成的。提升刊物品质，必须从一篇篇文章抓起。首先，选择作者。《名人传记》是河南地方刊物，但组稿时要面向全国，优中选优。选作者主要看作品。其次，选择传主。传主应当是中外社会各界具有国家级、世界级知名度的人物，对人类进步具有非凡的贡献。最后，选择题材。题材对读者必须富有教益，史料和故事要有新鲜感。似曾相识，发现疑问，就要核查。史料和故事对读者无教益的，本刊过去曾经发表过的，不再重复刊登。

问：你们怎样对待取得的荣誉？

答：的确，最近十年来，省新闻出版局和国家新闻出版署给予我刊的荣誉不少。但正如前面所

作者多次代表《名人传记》编辑部上台领奖

《名人传记》街头征订

说，这些荣誉是集体智慧的结晶。作为《名人传记》编辑部，我们每次都把荣誉当作新的起点，谦虚谨慎，对照全省、全国"双奖""双高"刊物，虚心找差距，锐意创新奋进，在内容上更加强化正确的政治方向和舆论导向。如 2001 年在中共成立 80 周年纪念活动中，《名人传记》有组织、有计划组织报道，从第 4 期到第 10 期，以"七一特稿"专栏推出一系列革命前辈的文学传记，汇成共产党人前赴后继、舍身忘家、为共产主义事业奋斗终生的名人传记艺术长廊。在形式上，刊物从 2000 年开始，改革开本，更新版式，加大四封广告版面的文化含量和艺术品位，强化刊物整体形象对读者视觉的冲击力。在内容与形式的结合上，《名人传记》又取得新的成绩。

原载 2002 年 10 月 22 日《河南新闻出版报·中国期刊方阵·河南优秀期刊风采》

第四章

腊味拼盘·回味绵长

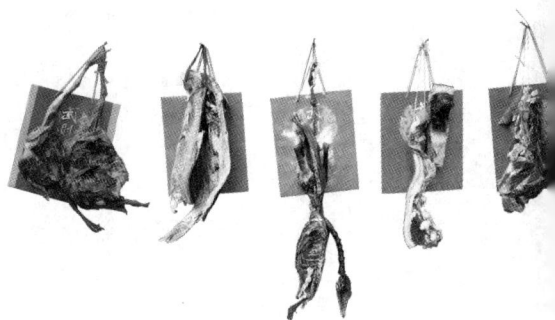

家风

家风伴着家庭的出现，便在人类社会生活中微微吹拂着、轻轻荡漾着。但把家风作为治家的专题，在我国应当首推《颜氏家训》的作者颜之推了。

颜之推出身于世代精于儒术的仕宦之家。他在七十余年的人生中，竟遭遇三次亡国之变，历任南朝梁、北齐、北周和隋朝四朝之官，多次险遭杀害。他用儒家的思想，结合自己坎坷的人生和丰富的阅历，写了一本立身处世之道、教训后世子孙的书，这就是《颜氏家训》。颜之推在《家训》的《序致篇》中写道："吾家风教，素为整密，昔在龆龀，便蒙诲诱。"龆龀，意为儿童换牙。颜之推从小便受到家风的熏陶。这说明，严格的家风教育在颜氏家族中早已成为一个好的传统了。

自颜之推后，社会上家风的教育便风靡兴盛起来。名门仕宦、社会贤达尤为重视。从唐朝李世民的《家范》、赵鼎的《家训笔录》、苏洵的《苏门族谱》、陆游的《放翁家训》，元朝郑太和的《郑氏家范》、陆梳山的《居家制用》，明朝方孝孺的《宗仪》、杨继盛的《椒山遗嘱》、吴麟征的《家诫要言》，直到明清之际孙奇逢的《孝友堂家规》、朱用纯的《朱柏庐先生治家格言》和曾国藩的

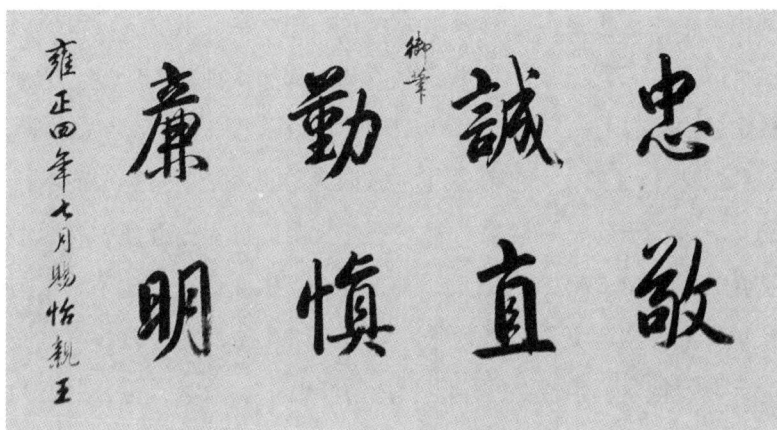

御筆

忠敬 誠直 勤慎 廉明

雍正四年七月賜怡親王

雍正皇帝赐怡亲王

《曾文正公家训》《枕上铭》《治家要义》以及这姓那姓的《家训》等，还有《女论语》《女诫》等，粗算起来不下二百种。这些"家训""家范""家规"，尽管名目繁多，表述各异，但根本的宗旨只有一个，就是造就好的家风并传于子孙后代。所以，有的《家训》规定和要求是极严厉的。如宋高宗时代的尚书右仆射、同中书门下平章事兼枢密使、后因与秦桧不合而被贬职流放的赵鼎，在其著《家训笔录》第四项中明确规定："子孙所为不肖，败坏家风，仰立家者集诸位子弟，堂前训饬，俾其改过；甚者，影堂前庭训，再犯再庭训。"由此可见一斑。

家训之类的著述，往往涉及家庭生活的各个方面，如治家、教子、勉学、涉务、处世、待人、勤俭、忠恕、忍让、和睦、敬老、尊师以及婚丧嫁娶、招婿纳妾、祖宗祭祀、防贼防盗等，内容是相当庞杂的，规定也是相当具体的。但是，历代家训一个根本性的共同点，就是把儒家的思想作为指导思想和理论基础，贯穿于家庭生活的各个方面；也有的家训把儒家的、道家的思想糅合在一起，教育子孙"安分守己""清静无为""宁可人负我，切莫我负人"；还有的杂以浓厚的封建迷信色彩，用"生死有命，富贵在天"的"宿命论"来束缚妻妾、子孙的思想，规范其言行。当然，历代家训不乏至理名言，特别是有的家训把"荣辱""节操"融入

173

其中，甚至冠于首位，对我们深有启发和借鉴，不少观点至今仍然可取。如宋朝陆游在他80岁时写的《放翁家训》中说道："清节贤士，无所得财。""若夫挠节以求贵，市道以营利，我家之所深耻，子孙戒之。"显然，陆游在这里主张做人清正廉洁，将屈节而求得的功名利禄看作一种耻辱，告诫子孙。明清之际孙奇逢著有《孝友堂家规》和《孝友堂家训》。孙奇逢为家人及子孙制定了十八则家规，而开宗明义第一条便是"安贫以求士节，寡营以养廉耻"。为什么要把这一条放在首位呢？他解释说："益家教立范，品行为先，故首存士节。"在《孝友堂家训》中，孙奇逢说得更明白了："士大夫教诫子弟，是第一要紧事。子弟不成人，富贵适以益其恶？子弟能自立，贫贱益以固其节。"陆游和孙奇逢的观点是，子孙无论贫贱和富贵，都必须把"荣辱"和"士节"放在首位，这是家风中头等地位的事。这就提出了家风与荣辱观、气节观的问题。这个问题提得很好。

家风和荣辱观虽说是不同的概念，但在历代的家风中，有的融为了一体，密不可分。这就是说，谈到某氏的家风，使人自然联想到他的荣辱观、气节观；谈到某氏家族成员的品行节操，便立时想到了他们的家风。如宋朝一门忠烈的杨家将就是这样。杨门，上自白发苍苍的佘太君、杨令公，下至乳孙杨文广，大都是抗击辽敌、保卫社稷的英雄。人称"杨无敌"的老令公，朔州陈家谷口一战，在孤兵无援的情况下，率兵自午时战至傍晚，麾下仅剩百余人，终因寡不敌众，部下全部壮烈牺牲，儿子杨延玉也以身殉国。杨令公单枪匹马，奋力拼杀，身受数十处重创，因战马重伤，被敌生俘。被俘后，杨令公宁死不屈。他以保家卫国为荣，以苟活于世为耻，无限悲愤地说："我本指望讨贼破敌，保卫边疆，以报效国家。谁想今日为奸臣所害，致使大宋军惨败，我还有什么脸面活下去呢？"遂绝食三日，壮烈捐躯。宋太宗赵光义闻讯颁布诏书称：业"尽力死敌，立节迈伦"，给予很高的评价。这是杨门的第一代人。第二代人以延朗（后改名为延昭）为代表。他继承父业，统兵多次挫败契丹军的进攻，戍守边关二十余年，屡建大功，最后升任高阳关副都部署，57岁时病死任上。他的灵车从高阳关运往中原途中，"河朔之人多望柩而泣"。生前，宋真宗曾指着延昭对诸王大臣高兴地说："延昭治兵护塞，有父风，深可嘉也！"这"父风"，正是杨门的家风！杨文广，是杨门的第三代人，也是一员虎将。起初，文广被范仲淹看中，后来随大将狄青征南，先后任广西钤辖，知宜、邕二州。宋英宗在挑选边关将领时曾说道："文广，名将后，且有功。"命他为成州团练使，龙神卫四厢都指挥使，后迁兴州防御使、定州路副都总管、步军都虞侯。杨门的家风同他们高尚的民族气节是密切相关的。杨门的家风，人们通常叫"爱国家风"。

与"爱国家风"相对的，是"卖国家风"。历史上最为典型的，要数五代的石晋小朝廷了。后晋的开国皇帝石敬瑭，就是在桑维翰"推训屈节，服事契丹"的蛊惑下，勾结契丹于公元936年秋深马肥之时，攻灭后唐，受契丹册封为帝。他当上皇帝后，对契丹主感恩戴德，媚称比他小11岁的契丹主耶律德光为"父皇帝"，而自称"儿皇帝"。他除割燕云十六州给契丹以外，每年还贡献绢帛30万匹，对辽太后、元帅、太子、王公大臣均有馈赠。辽主耶律德光见石敬瑭卑辞厚礼，忍辱含羞，而且殷勤益恭，加封他为"英武明义皇帝"。石敬瑭不以为耻，反以为荣。石敬瑭死后，由其养子石重贵继位，是为晋出帝。晋出帝石重贵和皇太后李氏效法石敬瑭，奴颜媚骨，对辽主耶律德光的降表开篇便称"孙男臣重贵言"，既称孙又称臣，无耻地说："臣与太后暨妻冯氏，及举家戚属，见于郊野，面缚等罪。所有国宝一面、金印三面，今遣长子陕府节度使延煦、次子曹州节度使延宝，管押进纳，并奉表请罪，陈谢以闻。"石晋朝皇太后李氏的降表开篇称"晋室皇太后新妇李氏妾言"，自己称媳道妾，无耻至极地说："上将牵羊，六师解甲。妾举宗负衅，视景偷生……岂谓已垂之命，忽蒙更上之恩，省罪责恭，九死未报。"辽主耶律德光看了晋出帝石重贵和皇太后李氏的降表，随手取笔批道："大辽皇帝付与孙石重贵知悉：孙勿忧恐，必使汝有啖饭处。"后来，辽主永康王兀欲将石重贵一家老少及奴婢全部劫持北国。石重贵的宠妾赵氏、聂氏被兀欲的儿子抢去，石重贵未成年的幼女也被兀欲的妻兄禅奴霸占为妻，这就是卖国贼的可耻下场。石门三代，对卖国不以为耻，反以为荣，奴颜媚骨，无以复加，不顾国格人格，寡廉鲜耻，在历史上遗臭万年。

杨门、石门的例子，一正一反，从两个方面说明，荣辱、气节和家风是相联的。不仅如此，还使我们进一步认识到，荣辱气节观是家风中的"筋骨"，是"家魂"。荣辱气节观同家风的关系，犹如钢筋与混凝土的关系。好的钢筋千锤百炼，坚韧不拔，和混凝土结合起来，制成的各种水泥制品，千钧压力经得住，岁月流逝不变形。而坏的钢筋，质地不纯，锈蚀欲折，和混凝土结合起来，制成的各种水泥制品，一压即垮，一碰便碎，最后变成废物，被扫入垃圾坑中。因此，要使家风放射异彩、代代生辉，必须贯以上等的优质"钢筋"，这就需要施以崇高的荣辱观和品德节操教育。

古人十分重视树立好的家风。在我们今天看来，也十分重要。我们知道，国有国风，家有家风。家庭是社会的细胞，家风就是国风的细胞。家风的好坏，关系到国风。建立好的家风，在今天同样具有特别重要的意义。

既然如此，如何建立充满高尚情操的家风呢？颜之推在《家训》中写道："夫风化者，自上面行于下者也，自先而施于后者也。"这是说代代家长至关重要。杨门世代忠良的爱国家风自杨令公、佘太君始，石门世代卖国的家风自石敬瑭起。由此可见，家长在其中起着主导的作用。家长明是非，辨荣辱，行得端，立得正，是第一要素。此外，还要有严格的家规。铁面无私的包拯就是这样。

据史书载，"拯性峭直，恶吏苛刻，务敦厚，虽甚嫉恶，而未尝不推以忠恕也。与人不苟合，不伪辞色悦人，平居无私书，故人、亲党皆绝之"。包拯是一个于公于私、于外于家刚正不阿的清官。他深明大义，荣辱分明，不仅身体力行，而且要求子孙后代都这样去做人。为了造就包氏家族清廉方正的家风，他生前曾严厉地对家人说过："后世子孙仕宦有犯赃滥者，不得放归本家；亡殁之后，不得葬于大茔之中。""不从吾志，非吾子孙。仰工刊石，竖于堂屋东壁，以诏后世。"包拯将他的规定请人刻在一块石头上，并　入堂屋东墙，作为子孙立身处世的座右铭，以便使这种优良的家风代代相传。这种做法是很好的。即使在我们今天看来，也值得称道。只要家长带头，并有好的家规，上行下效，代代相传，必然形成好的家风。

建立社会主义的新型家风，内容是相当广泛的，但最重要、最宝贵的，是要把是非、荣辱分清，进而才能把高尚的品德情操自觉地贯彻到家庭生活中去，渗透到亲友关系中去，使家庭每个成员在立身处世、待人接物之中，真正做到富贵不能淫、贫贱不能移、威武不能屈，堂堂正气，磊落光明。实现这个目标，对许多家庭来说，并不是理论的问题，而是一个实践的问题。只要千家万户坚持这样做下去，清正的家风在神州大地必将蔚然成风。

【主要参考书目】
《北史》卷四十五、八十三
《四部丛刊·〈颜氏家训〉》
《丛书集成·〈家训笔录〉》
《丛书集成·〈孝友堂家训〉》
《宋史》卷二七二、三一六
《五代史》卷八五、八六

修志

　　《河南省志·出版志》编辑部是 1986 年 3 月成立的，由 6 人组成。当时，河南省志相当一部分专志征集资料工作将近结束，而我们则刚刚起步。在河南人民出版社、河南省新闻出版局领导的关怀和支持下，在省地方史志编委会和省志编辑部的指导和帮助下，《出版志》编辑部全体同志团结一致，奋起直追，提出"决不能让《出版志》拖省志的后腿"的口号，当年就打开了工作局面。1987、1988 两年征集和整理资料取得决定性进展。1989 年 10 月完成了打印的征求意见稿，12 月召开了评稿会，不足四年迈出三大步。我们共查阅省内外档案约 4000 卷，摘抄省内外 17 家图书馆的馆藏书刊资料卡片万余张，征集资料约 900 万字，修改篇目10 余次，撰成《河南省志·出版志》初稿 31 万字。将近四年的艰苦工作，使我们感受颇深。

　　我们接受修志任务后，同志们存在各种想法。有的认为"修志艰苦不说，还得处处求人"；有的认为"修志是老同志的事，让年轻人来干是贻误年华"；有的认为"修志影响提薪晋级评职称"，等等。解决这些思想问题的关键在于如何认识修志工作。为此，我们组织座谈会讨论。大家畅所欲言，谈想法，解疙瘩，把思想统一到"修志是千秋大业,应当作为一项事业干"的认识上来。大家发扬进取精神,忠于职守,以高度责任感开展工作。同志们在查阅征集资料的过程中,从一卷卷档案、一箱箱卡片、一次次走访中搜寻到宝贵资料时,感到由衷的喜悦,在实践中逐渐树立起对修志的事业心。有了事业心,就不再把修志当作"权宜之计",就不怕难、不怕苦、不嫌枯燥乏味,就不会过多地考虑名利得失。大家埋头苦干,辛勤工作,决心用志书的优异成果去赢得社会的承认。

编辑部的同志都是修志工作的新兵,许多重要问题一开始谁也说不清。因此,十分需要潜心学习,刻苦钻研。钻研劲是人的意志力的外在表现,是人的思想状态和精神风貌的体现。在编辑部内,我们提倡各人要把钻研作为修志的基本素质来严格要求,加强锻炼。

钻研是一个深入学习的过程。从一开始,我们就把学习修志的基本理论、先进单位的经验、省地方史志编委会的有关文件和规定放在首位。要钻研,不掌握这些武器不行。有的同志系统地学习研究了章学诚的修志理论,有的认真学习了《中国文献学》《中国图书事业发展史》《历史入门》《中国古籍印刷史》《图书发行学》等专著和工具书以及有关方志理论刊物,有的通过查阅图书馆馆藏书刊,提高独立做学问的能力,掌握编修志书的基本理论和基本方法。

钻研要有艰苦奋斗、锲而不舍的精神。首先要有钻劲。比如,关于篇目设制,如何才能更科学、更合理?我们收集研究了全国七八个省《出版志》的篇目,进行反复比较、分析,汲取别人所长,以形成河南《出版志》的风格。其次要有挤劲。不少同志都是把星期天、节假日、晚上时间挤出来查找资料、撰写初稿的。有的同志连续三年牺牲休假或疗养的机会,把所有能利用的时间都用在修志上。最后要有韧劲。通常紧张的工作突击几天、一周或个把月也就可以结束了,而修志工作不同,日复一日,年复一年,连续四年,我们从未敢有稍微的懈怠。

要保持顽强的钻劲，就一定要排除社会上各种不正之风的干扰。1986年至1989年，国家在经济生活、政治生活中出现物价上涨，全民经商，"一切向钱看"和各种不正之风。1989年春夏之交又发生政治风波。这一切都没有动摇我们刻苦钻研、努力编好《河南省志·出版志》的决心。相反，同志们一心扑在修志的事业上，涌现出许多感人的事迹。从河南省新华一厂抽调到编辑部工作的刘红恩同志，四年来，月收入平均减少18元。他既当爹，又当妈，照顾两个孩子，还坚持出差征集资料。冬天，他常坐在被窝里查阅和抄写资料；夏天，他独坐在小房子里，不顾蚊虫叮咬，挥汗笔耕。北京政治风波期间，正是他加班加点撰写初稿的紧张阶段。他分工撰写的部分写了改，改了写，直到满意为止。他说："我从修志的紧张工作中找到了精神寄托。"从中州古籍出版社抽调来的耿相新同志负责《出版志》的古代部分，任务繁重。他不仅自己跑图书馆，还发动社会力量查找，案头经常堆满各种古代典籍，对河南出版事业的起源等诸多问题多方查证，潜心研究。学习、钻研不仅促进了修志工作的进展，也使我们的工作能力得到了锻炼，使我们的业务水平得到了提高。

要编纂出一部无愧于历史、无愧于时代的《河南省志·出版志》，必须把质量作为志书的生命来对待，从资料征集、篇目设置到撰写初稿、修改加工，每个阶段都要扎扎实实，一丝不苟。

资料是志书的基础。我们把资料征集、整理的标准概括为五点：一要全。各类资料、各时期资料要力争齐全，资料要完备到横分门类不缺项，纵写历史不断线。二要多。要开阔视野，广征博采，哪怕有一点参考价值的资料，也要征集过来。三要真。资料到手，就要阅读、分析、鉴别，进行核校、查证、去伪存真。四要注意重大的、具有文献价值的资料。五要特别留心反映阶段性特点的资料，如事物的发端、转折、消亡等。我们在征集期刊资料时就搞了四套卡片，通过整理，去其重复，纠其谬误，补其遗漏。这样做，无疑工作量要加大许多倍，但有利于保证资料的齐全和翔实。

篇目是志书的蓝图。历代修志，都特别注重篇目。但任何修志的高手都难以制定一个一成不变的篇目。篇目只有随着资料的增加、认识的深化不断修改，才能逐步趋于合理。我们的篇目大大小小修改上十次，总的趋向是一次比一次好。特别在整理资料、撰写书稿过程中，及时调整篇目，不断解决重复、交叉、遗漏等问题，以确保志书质量。

撰写书稿是修志的结晶。我们的志稿由五人分工撰写，然后由编辑部主任合成加工。每人撰写前，负责合成的编辑部主任都要像导演说戏一样交代和强调该部分的逻辑结构、资料使用、语言、文风及需要特别注意的问题，对撰写中遇到的问题及时组织研究，加以解决。合成中，对容易重复、交叉的地方采取对照的办法删改；对遗漏的部分及时补上。第一章的图书部分，我们写了5万字的初稿后，发现分类有不合理的地方。是图省事、迁就一下算了，还是严把质量关、推倒重来？我们经过激烈的思想斗争，最后决定，甘愿推迟两个月，抛弃5万字的初稿，也要重新撰写，决不能草率收兵。结果，书稿质量有较大提高。整个书稿有机融为一体，基本上达到了犹如出自一人手笔。

在《河南省志·出版志》（征求意见稿）评议中，与会同志在肯定"这是一个成功的初稿"的同时，也指出了存在的一些问题。根据评稿会的意见，现正在进行认真的修改。我们决心善始善终，再加一把劲，力争早日拿出较高质量的《河南省志·出版志》来。

（这是在1990年春召开的河南省地方史志编纂委员会第九次扩大会议上的发言稿，作为"会议经验之二"散发。本人时任河南人民出版社《出版志》编辑部主任，主持《出版志》从征集资料、篇目设置到撰稿成书的全面工作。《河南省志·出版志》1995年8月由河南人民出版社出版。）

说说省志的署名

省志署名是一个复杂的问题。一部省志，少则几十个专志，数百万言；多则近百个专志，千余万言。这是一项巨大的工程，凡是献身这一事业并做出贡献的人，他的名字都应该铭刻在这块丰碑上。但由于分工不同，每个人在其中的作用和贡献也有所不同。因此，在丰碑上书写每个人的芳名时，就有一个如何铭刻的问题。署名又是一个很敏感的问题。许多参加修志的人，特别是踏踏实实刻苦钻研、兢兢业业做出贡献的人，出于各种心理，对此欲言又止、顾虑重重，甚至干脆避而不谈，这恰恰说明研究它的必要性。由于问题的复杂性，本文只就其中几个要点略陈管见。

省志署名的基本原则

我认为，对省志科学地署名，要把握住三条基本原则。

第一，实事求是的原则。真实、准确、可靠，是方志第一位的要求，是方志的生命和灵魂。我们应当自觉地把真实可靠、实事求是的原则贯穿到每部方志的字里行间。署名也不例外，署名一定要符合志书编纂过程的实际，因为这在将来也是历史。

第二，继承创新的原则。搞好新方志的署名，要借鉴旧方志提供的经验。旧方志的署名不尽一致，但多数包括有总裁、鉴定、提调、发起、监修、分理、纂修、分修、采访、校阅、参阅、测量、绘图、编写、筹备、庶务、筹款、合计、誊稿、监刊等项。这中间起主导作用的是纂修者。古代方志，有的修和纂由不同的人分别承担，署"×××修"或"×××、×××修"、"×××纂"或"×××、×××纂"；有的修和纂由一人承担，署"×××纂修"；有的只署"×××纂"。至于总裁、鉴定、提调、监修、分理等，多属地方权贵或官员担当的名誉头衔。在研究社会主义新方志的署名时，我们不能抛开历代旧方志署名的基本程序和经验。否则，所谓"创新"就会创出五花八门的名堂，失去志书署名的基本特点。我们也不能完全照搬照套旧志书署名的模式，以防旧方志署名中达官显贵、不学无术、附庸风雅者的恶俗败坏今日史志园地的风气。

第三，座次分明的原则。省志工程有一个"排座次"的问题，这本来是顺理成章的事。但因长期以来的平均主义、"大锅饭"，致使"排座次"被舆论视为"争夺名利"的代名词，给人们的精神造成严重的内伤，人们只好沉默。结果，署名笼而统之，不分主次，这在最近出版的几部新县志和整理出版的旧志中比较突出。

为什么不敢理直气壮地"讲名次""排座次"呢？说到底还是多年来"左"的影响，"一大二公"，成果人人有份，贡献大家平分。这不符合志书编纂过程中的实际，不符合社会主义初级阶段的理论原则。《河南省志》应当理直气壮地纠正"大锅饭"式的署名弊端，切实贯彻座次分明的原则。

署名的具体设想

根据上述基本原则，我认为《河南省志》署名可做以下具体设想。

《河南省志》编纂委员会名单（委员以姓氏笔画为序）：

总纂：一人。《河南省志》篇目、体例的总体设计者、决策者、协调者，并宏观负责全部专志的编纂和把关。

副总纂：二人为宜，不要超过三人。协助总纂对专志进行宏观设计、决策和协调，并负责分管专志的审查和把关。

审稿：若干人。凡对专志进行认真审稿并提出重要见解和修改意见者都应署名于此，包括专志的厅局级领导、《河南省志》编辑部副主任以上领导、特邀专家学者。省志编辑部主任人手有限，可对全部专志做具体分工，在分管的专志署上审稿名。这样有利于加强责任感，确保审稿质量。

责任领导：一至二人，厅局中分管专志的领导同志。

纂修：一至二人，最多不得超过三人。专志从篇目设置到编纂成送审稿的总工程师和方案实施的组织者、主笔人。其中，主笔撰稿者，署修；主笔编纂者，署纂；主笔撰稿又编纂者，署纂修。

撰稿：若干人。初稿执笔人，应根据撰写字数和难易程度排列顺序，不要以姓氏笔画为序。初稿质量很差，不能采用者，不得署名于此。已在"修"或"纂修"下署名者，不于此处再署，以免重复。

采访：若干人。志书资料的征集人（一般指专志编辑室人员和特邀人员）。

校对：若干人。从初校至复印过程中参与校阅书稿者。

摄影：志书采用照片的拍摄者。

制图：地图和各种解说图的绘制者。

责任编辑：一至二人。《河南省志》编辑部和出版社中具体负责该志的编辑人员。

版式设计：一人。负责《河南省志》封面及内文版式的设计者。

还可以根据实际情况设置一些具体的落款名，尽量使参加修志的人员不致漏掉名字。

署名的位置十分重要，关键在于标明层次和主次。我认为，具体位置可以设想为：

书脊：署总纂一人。

封面：上方署总纂一人，《河南省志××志》下署纂修者。底部署"××××出版社"。

扉页背面：署总纂、副总纂、审稿、责任领导、纂修、撰稿、采访、校对、摄影、制图等。

二封：署名与封面同。在"××××出版社"下标明年月。

书末：署《河南省志》编纂委员会名单。

版权页：在《河南省志·××志》上下分别署总纂一人和纂修者、责任编辑。

封底：上方署版式设计者和封面题签者。

署名应划清的主要界限

为了使志书的署名科学、合理，应当对方志成书过程中各种工作进行认真分析，对其中容易混淆的概念加以辨析，划清界限。我认为有三个界限应特别注意划清：

第一，划清业务领导和行政领导的界限。 首先，一部省志，总要有若干人领导着去干；一部专志，也要有若干人领导着去干。对每位领导的实际工作要进行具体的分析，他对修志工作领导了没有？这是起码的问题。其次，他是切实的领导，还是敷衍塞责式的领导？最后，他是业务领导，还是行政领导，还是业务兼行政的全面领导？只要经这么一问，具体衡量一下，每位领导同志在署名中的位置就十分容易确定了。有的领导身兼要职，成绩卓著，但由于为其他工作所累，对修志过问不多、领导不够，那尽可肯定其实绩，但不能以此为由署其领衔"主编"或"纂修"，因为那不符合实际。有的领导负分管之责，修志必需的人、财、物是他解决的，办公室是经他定下的，而他对志书的业务却没有管，怎么办？应当指出，得力的行政领导对新修志书是十分需要的。不少专志编辑室都经历过没有办公室的艰难，正是这样的领导为他们创造了工作的环境和条件。但志书是社会科学领域的科研成果，不能以行政工作代替科学研究，署其领衔"主编"和"纂修"，是不合适的。而在其名前署上"责任领导"却是恰切的。应当说这是实事求是的。不当那个挂名的领导，这对高明的领导者来说，是算不得问题的。

第二，划清纂修与审稿的界限。在一次志书的研讨会上，我听到一种说法："人家是厅长，负责审稿，还不是当然的主编！"按这种逻辑，审稿人是当然的"纂修"了！这是将"审稿"同"纂修"弄混了。本来，二者是极易区别的。纂修与审稿工作顺序不同，一般是先修、再纂、后审。经过审稿，提出问题，再修、再纂、再审。这样反复多次，直至成书。如果审稿人仅仅发现问题和提出问题，而没有亲自动笔修、纂，那只能称作"审稿人"，而不能署作"纂修者"。因为纂修是方志的主要作者，而审稿是对基础稿和送审稿"挑毛病"者，"品头评足"者。需特别指出，审稿对提高志书的质量至关重要。审稿人一般应为专家学者、行家里手，其专业修养自应高出作者一筹，才能审出差错和纰漏，并提出修正办法。所以，出版社、杂志社、报社、电台对要发表的稿件一般实行三审制，重要稿件总编辑要亲自审定，足见审稿的重要性。但我想，没有哪位总编辑会提出"这稿是我审的，作者也有我一份"这样荒唐的主张。

第三，划清撰稿与编辑的界限。最近出版的《罗山县志》，署名中有"责任编辑""编辑及工作人员""各单位编纂组长"这几种名称。这中间的"编辑""编纂"含义不清。我怀疑这里的"责任编辑"是《罗山县志》的实际纂者；"编辑及工作人员"中的骨干人员是《罗山县志》的实际修者；"各单位编纂组长"实际是《罗山县志》的初稿撰写者。如果我猜得不对，那说明《罗山县志》的署名实在令人太费解了。"编辑及工作人员"这种"大锅饭"式的"一堆儿"，在当前改革的大潮中太不恰当了。应当分清的是，撰稿是执笔人，编辑是加工者。撰稿的基础是材料，编辑的基础是志稿（初稿或送审稿）。不能将"撰稿"误标为"编辑"，更不能将"撰稿者"误标为"各单位编纂组长"。老实说，县志的编纂权只能在县志编辑室（部）里，县直各单位无法去"纂"。省专志的修、纂（分纂或初纂）在专志编辑部，总纂权只能在省志编纂常委会那里。建议《河南省志》在署名中分署撰稿与编辑，做到准确明白，各负其责。

原载 1988 年第 4 期《河南史志》

作者在圣彼得堡青铜骑士前留影

全球化下的中国期刊

　　今天，我们站在新世纪的门槛瞭望，眼前全球化的浪潮正以排山倒海之势迎面扑来。五大洲云水激荡，翻腾着互动；一百多个国家由经济层面向政治、文化层面交互渗透突进，锐不可当。世界各国政府职能、经济结构、司法体制、管理模式、贸易海关无不受到它的洗礼，各种民族文明、文化的交融和冲突通过现代传媒魔幻般发生。大碰撞、大交流、大整合，成为当今主权国家经济、文化、政治各个领域乃至社会各界必须面对的现实。

　　"全球化"这个概念，是20世纪60年代由"罗马俱乐部"提出来的。美国《纽约时报》外交事务专栏作家托马斯·弗里曼认为，假如冷战的标志是一道墙，将人们分隔开来，那么，全球化的标志是世界网页，将人们联系起来。美利坚大学国际事务学院教授詹姆斯·密特曼认为，从根本上说，全球化是"世界范围内的互动体系"。作为文化范畴重要组成部分的期刊界当今也被全球化浪潮裹挟着、涤荡着。中国期刊界具有远见卓识的领导者和精英们，从思想上、组织上、实践上加强理论研讨并付诸行动，呕心沥血，只争朝夕，以火热的激情和冷峻的思辨，清醒地迎接着这场旷日持久、具有历史意义的挑战，时刻瞄准机遇，届时出手，企盼一展宏图。在全球化的背景下，他们代表着中国期刊界昂扬奋进的主流。但和历史上每次伟大社会变革的前夜和初始阶段那样，当前各种思潮、理念、心态、取向，一一被时代的大潮搅拌起来，呈现出复杂的局面。从 20 世纪末以来，中国期刊界出现的种种思想动向，从不同视角反映了对全球化认识的模糊、偏颇，流露出焦虑和浮躁的情绪。这些消极的思想心态，在一定程度上影响着中国期刊业加入 WTO 后的发展。辨析疑义，激励斗志，把认识统一到健康向上的轨道上来，是当前中国期刊界迎接全球化的紧迫任务。这就是说，面对全球化的挑战，你要应战，首先思想要硬起来，士气要高，斗志要旺，把精神调整到最佳状态。这是中国期刊业参与国际竞争的前提条件。

综观中国期刊界全局，有几种说法颇具代表性，提出来开展一次有组织、形式多样而又广泛深入的讨论，似有必要，对新世纪我国期刊业的发展可能有所裨益。

其一，"狼来了。" 这种说法已在社会上流行多年，金融、贸易、保险、房地产、医药、教育、新闻出版等社会各界都有，所以，司空见惯，并不新鲜。这种说法，不免有加入 WTO 先知先觉者对国人的善意告诫，但不可否认从中折射出一种心理上的恐惧感。当前从期刊界仍不时听到"狼来了"的惊呼，反映中国期刊界某些朋友心理上的怯阵至今未能廓清。

研讨问题，应从实际出发，从事物的根源上加以剖析。"狼来了"的说法，源自东西方期刊阵势和力量的明显反差。由于经济的发达和社会历史的因素，西方期刊呈现强大的阵容。以期刊业最发达的美国为例，人口不足 3 亿，期刊 14700 种，年总印数170 多亿册，年销售额 100 多亿美元。其中发行量期超 100 万册的 60 多家，超 1000 万册的 5 家，年销售收入超亿美元的 50 余家。德国、法国、英国、日本等西方国家各具雄厚实力。如欧洲最大的杂志出版公司——德国贝塔斯曼集团的古纳亚尔公司，在全球

14个国家出版100余种杂志，其规模、销售总额和税后利润都堪称欧洲出版业的龙头。对比中国，人口13亿，期刊8000多种，以2001年为例，总印数估计不会超过30亿册，年销售额80亿元人民币（约合10亿美元）。其中发行量期超100万册的23种，期超500万册而不足600万册的1种。1999年中国期刊销售及广告收入总额为56亿元人民币（约合7亿美元），是美国1998年期刊销售及广告收入总额237亿美元的1/33。更厉害的一招是，面对全球化的浪潮，美国商务传媒公司(ABM)国际部最近推出《中国出版一览》白皮书，洋洋数万言，对中国出版市场进行综合调研和分析，为国际出版商、广告商进入中国市场提出具有针对性的十点忠告：1．为打开这个市场而不懈努力，一次不行再来一次；2．要选准合作者；3．设法利用"关系"；4．不要放弃短线合作；5．充分采用灵活性；6．别害怕对方说"不"；7．中国各地区的市场并非一样；8．多向专家请教；9．雇用一个好翻译；10．会献殷勤，多说"谢谢"。这就是中国期刊面对的现实和对手。从这个意义上，说"狼来了"并不为过。客观地讲，这是无法回避的事实。

但这只是一个方面的事实。从另一方面讲，历史上以弱胜强的事例、战例，比比皆是。当然，我们无意将今天的全球化与历史上的战争相类比。我们举一反三，意在提倡打开视野，辩证思考，深入探讨全球化中坚守本土文化、振兴中国期刊业的理念。这中间确有深层的哲理。首先，从社会历史考察，融合是人类文化发展的总趋势。各种文化之间不断发生的碰撞和冲突，往往是文化融合的中介和催化剂。文化间的碰撞和冲突，决不是非此即彼地生死排斥，而是通过相互交流和整合为本土文化注入新的生命活力。今日的美国文化，从历史上讲主要包括新教、天主教、犹太教、摩门教，是历经二百余年盎格鲁－撒克逊文化，黑人文化，英国、法国、德国文化体系交融、碰撞、整合的结果；而中国传统文化，也是以民族迁徙、聚合、战争为缘介，由汉民族儒家文化吸收道教、佛教、伊斯兰教、天主教文化及历代文学艺术、科学技术等，历经二千余年吐故纳新凝聚的结晶。新世纪伴随着全球化而来的是东西方文化的碰撞和冲突，我们丝毫不能放松保护民族文化、本土文化的警惕性，但也不能认为是华夏文化和中国期刊业被狼吞噬而毁灭的灾难。相反，其主导正是二者相互渗透融合，互相认同补充，最终实现中国期刊创新发展的机遇。其次，中华文化具有悠久的历史。从秦汉、唐宋到清代康乾盛世，中华文化辉煌灿烂，称雄于世。自近代鸦片战争以来，中国沦为殖民地、半殖民地社会，中国文化遭到西方列强的蹂躏和践踏；"文化大革命"中又遭到林彪、"四人帮"集团的疯狂劫洗。然而，中共十一届三中全会春风化雨，万象更新，中国文化包括期刊，"野火烧不尽，春风吹又生"，呈现出柳暗花明的蓬勃生机。历劫不衰，屡摧不折，显示了中华文化的深厚内涵和强大的生命力。最后，经过二十多年的改革开放，中国综合国力增强，期刊业有了空前长足的发展，涌现出《读者》《半月谈》《知音》《家庭》《故事会》等一批中国"双高"龙头期刊，并产生了一批富藏中华文明积淀，具有传统文化底蕴，异彩纷呈，各具特色，适合中国各层广大读者口味的《新华文摘》《求是》《当代》《十月》《女友》《中华儿女》《名人传记》《演讲与口才》《科幻世界》等中国优秀期刊和"百种重点社科期刊"。在全球化的广阔平台上，由近二百种期刊组建的"中国期刊方阵"，实施精品名牌战略，勇敢地应对入世的挑战，主动地参与国际的竞争，气势恢宏的期刊大军摇旗呐喊："狼来了！不怕，让我们与狼周旋。狼吃不了我们的，我们也不打算吃狼。我们盼望的，是在与狼共舞中增长才干，发展自己。"

其二，"入世就好了！"这种说法流露出对新闻出版界多年来企盼改革但"光打雷，不下雨"的无奈，当然也反映了某些同行朋友的天真，似乎"只要一入世，馅饼就可以从天上掉下来"。这种说法，将中国期刊业的发展寄托在外部力量的推动上，违背了毛泽东提出的"外因是变化的条件，内因是变化的根据，外因通过内因而起作用"事物发展的基本哲学原理。

回顾我国二十多年改革的历程，我们看到，农业、工业、商业、科技、教育等产业和事业都有惊天动地之举，而出版产业虽有重大发展但势头不健，有时表现为步履维艰，一步三叹。中共中央、国务院一系列改革举措在大多数地区新闻出版单位贯彻落实不力，甚至成为"纸上谈兵"，致使不少出版社及相关企业经营不善，效益萎缩。国家新闻出版署为了整体推进中国期刊业的发展，曾创造性地提出"百刊工程""署刊工程""社刊工程"，并得到业内人士的认同和赞赏。据统计，全国社办期刊近400家，而真正落实中共中央、国务院关于深化劳动、人事、分配三项制度改革的却寥若晨星。绝大多数社办期刊受着体制的束缚，只能编审稿件，不得对人、财、物予以支配。社办期刊的实际社长和执行主编的手脚被紧紧捆绑着，被动地到市场经济大海中"游泳"，贻误许多时光和战机，白白浪费精品名刊诸多出版资源。"要让马儿跑，又要马儿不吃草"，成为众多社办期刊经营的准则。遗憾的是，社办期刊的这种生存状况，从省出版局到国家出版署无不清楚，但始终得不到解决，上级主管部门只听任社办期刊编审人员嘶号。因此，当全球化的涛声从大洋彼岸传来，编辑们发出"入世就好了"，岂非仰天发出的心灵呼唤！当然，在其他类型的期刊，也存在改革的"死角"，期刊社法人也有苦衷。在计划经济向市场经济的转换阶段，出现这种现象不难理解，但理解并非苟同。在当今全球化的浪潮中，切实有效的改革应当势在必行了！

中国加入WTO，置家国于强劲的东风中。这场东风虽然不是中国期刊变革、发展的"根据"，却是增温、催化的"条件"。鲁迅先生在《无声的中国》一文中，曾生动形象地说过："中国人的性情是总喜欢调和，折中的。譬如你说，这屋子太暗，须在这里开一个窗，大家一定不允许的。但如果你主张拆掉屋顶，他们就会来调和，愿意开窗了。没有更激烈的主张，他们总连平和的改革也不肯行。"中国加入 WTO 以前，某些期刊要搞改革，正如要"开窗"一样，是"不允许"的。全球化浪潮拍岸而来，似要掀掉"屋顶"，当然"开窗"就不在话下了。这正是全球化给我们带来的千载难逢的机遇。我们正可抓住这种机遇，冲破僵化的体制及条条框框的束缚与制约，理直气壮地深化劳动、人事、分配三项制度的改革，引进、培养、选拔、任用编审人才和技术、管理人才，打破发行主渠道的官商作风和二渠道某些书商的欺诈行为，击碎发行渠道的"肠梗阻"，使期刊畅行天下。所有这一切，只能借助于全球化的强劲东风，而不能用全球化的声势和威力替代我们自己的精心策划和辛勤劳作。总而言之，我国期刊业的蓬勃发展，说到底还得靠我们自己。新鲜味美的馅饼任何时候都不会从天上掉下来，只有靠我们的双手才能端上餐桌。

其三，"土蛋糕，洋蛋糕"。 谈到中国期刊业，业内的主管领导若干年前就谆谆告诫我们，要千方百计把中国期刊这块蛋糕做大。新闻出版界的权威刊物，也把做大中国期刊这块蛋糕作为宏图激励期刊界同人奋发进取。为了做大这块蛋糕，各级领导和权威人士还指点迷津，提出把期刊广告创收和期刊发行捆在一起，精心经营，同步操作。然而，一年又一年过去了，中国期刊这块蛋糕仍然没有做大，广告收入喜中有忧，也不理想。蛋糕没做大不怕，继续朝大处做就得了。谁知，恰在此时，从天外飞来了"全球化"，随之"洋蛋糕"要登陆了。这样，"土蛋糕"尚未做大，"洋蛋糕"却闪亮登场，真让人心烦！这是当前中国期刊界朋友们共同焦虑忧心的一个现实问题。

努力把中国期刊这块蛋糕做大，这是中国期刊界的企盼，也是迎接国外期刊登陆的礼品。然而，中国期刊这块蛋糕为什么总做不大呢？究其原因，是掏腰包购买的人不多。人们为什么不肯掏腰包呢？多年以来，业内理论家们认为中国的"蛋糕"不合现代人的口味，需要里外革新，要努力轻松一些，时髦一些。这是近些年来中国期刊适应市场、争取读者、风靡改革的动因。从时代的发展、社会的转型、读者阅读口味和价值观的演变而论，这种以强调创新意识和服务意识为核心的改革，就主流而言，应当认作是中国期刊与时俱进的举措。但这种改革并未从根本上刺激中国期刊蛋糕的最大化。问题的关键在于，做大期刊蛋糕只是业内人士的美好愿望，他们忽略了中国沿海与内地、城市与山乡整体的经济状况，特别忽视了读者购买力这样一个基本的事实。西方发达国家，人均年收入按 5 万美元计，购买 20 种杂志，不仅不会影响其生活，相反会使其生活丰富多彩；而发展中的中国，相当数量的职工失业，全国人均年收入按 900 美元计，人均购买 2.5 种杂志就很难实现，因为杂志毕竟不是生存的必需品。中国人有限的收入，需要精打细算，优先考虑的是把钱用到孩子的教育、住房的购置、子女的就业和生老病死这些重要的地方。中国人这种消费理念，是政府的任何导引和传媒的任何鼓动都无法改变的。既然如此，撇开公民的收入，单纯地将中国人均购买杂志同西方国家相类比；撇开相当数量的企业关、停、并、转的状况，单纯地鼓呼扩大期刊的广告业务，因为脱离实际而往往成为空话。从严格的意义上讲，中国期刊市场的潜力很大，随着中国经济的发展和人们收入的大幅度提高，中国期刊这块蛋糕将会越做越大。换句话说，中国期刊产业化的猛进，从根本上有赖于中国国民经济扎实、稳健、持久的攀升。

"土蛋糕"尚未做大，"洋蛋糕"又摆上了柜台。这种现实也没有什么好怕的。我们的同胞需要清醒一点的仅仅是，面对花团锦簇的"洋蛋糕"，我们不可忽视西方文化霸权主义的渗透与挑战，不可忽视伴随而来的腐朽价值观念的侵蚀，但也绝不可随意将一个商业问题、将期刊的服务问题动辄上纲上线到"文化侵略"与"和平演变"。假如我们总是习惯这样观察问题和认识问题，那就不仅会有损于中国融入世界的进程，更无助于全民族关于世贸理念和现代意识的建立。我们要与时俱进，其深层含义，就是要扬弃某些陈陈相因的传统理念。2000 年，中国期刊协会加入国际期刊联盟，2001 年年底中国加入世贸组织。我们应当自觉地以 WTO 的基本规则，认识和对待"土蛋糕""洋蛋糕"。我们坚信，无论是"土蛋糕"，还是"洋蛋糕"，都不会免费赠送，都要读者掏腰包的。如果中国的经济持续大发展，读者的腰包实实在在鼓起来了，他们自会潇洒地选购期刊。到那时，中国期刊这块蛋糕才会实实在在真正做大。"土蛋糕"与"洋蛋糕"交流、借鉴，联袂登场，将把中国期刊市场装扮得五彩缤纷，风景如画。与此同时，中国期刊产业化集团必将雄视全球，大规模走出国门，越洋办刊，跨国经营，让中国的"土蛋糕"变成异国的"洋蛋糕"，在五洲传播东方文明，于四海重振中华龙威。在全球化的国际市场上，缔造中国期刊产业的辉煌，迎接 21 世纪中华文化的伟大振兴。

原载 2002 年第 3 期《编辑之友》

论期刊改革的总体策划

　　中国社会的飞速发展，带来了中国人生活节奏的加快和阅读口味的变化，以光盘、软件、网络、数据库为载体的电子出版物的问世与发展，使中国出版物市场尤其是期刊业面临一场空前激烈的挑战。美国有影响的《时尚》杂志决策者讲："一些十年前我们想都不会想的地方，正在变成最有利润潜力的地方。"这反映了西方期刊人对神奇东方的虎视眈眈。实行审批制和主管制的中国八千余种期刊，生一个难，死一个亦难，面对国内、国际出版物市场激烈竞争的严峻形势，面对中国出版业与世界出版业越来越高的关联度和当今国际化的发展总趋势，生存下去并求得发展的基本策略和根本出路只有改革。

　　期刊改革，不同于创刊。改革是在原刊的基础上革去死板、呆滞的形式和陈腐、枯燥的内容，代之以清爽、悦目的形式和新鲜、生动的内容，从而给刊物注入青春的活力，使刊物焕发蓬勃的生机。要实现这个目标，必须进行精密的策划。

　　期刊改革策划，就是对于期刊改革事先进行整体战略与策略的运筹规划，就是为了强化刊物的某种特色、重塑刊物的崭新形象而反复酝酿论证，最后制定出切实的措施和实施的具体步骤。

因此，期刊改革策划的总体思路，起码包括认识问题、原则问题、内容问题和检测问题，这些问题正是本文探讨的着重点。

一 、期刊改革的依据

马克思主义的观点告诉我们，宇宙间的万事万物永恒地发展着、变化着。自然界在变化，人类社会在发展，人的观念在更新，静止的、停滞的观点不符合客观实际，因而是错误的。毛泽东在《实践论》中指出："不论在变革自然或变革社会的实践中，人们原定的思想、理论、计划、方案，毫无改变地实现出来的事，是很少的。""由于实践中发现前所未料的情况，因而部分地改变思想、理论、计划、方案的事是常有的，全部地改变的事也是有的。"这正是人类变革客观世界认识过程的规律性。这种经典的见解，为我们进行期刊改革提供了具有说服力的理论依据。

正确的理论是对社会实践的科学总结。成功的期刊，没有不改革的；不改革的期刊，很难获得持久的成功。长寿的成功期刊，畅销不衰，正是通过改革最大限度地满足了广大读者的阅读兴趣。

众所周知的美国《读者文摘》创办七十余年而不衰，发行量一直雄踞世界期刊之首，就是一个最具说服力的典型例子。《读者文摘》的发展史雄辩地说明，它的成功是不断改版革新的结果。辉煌夺目的《读者文摘》今天仍然锐意改版革新，对比之下，我们的期刊焉能安于现状、固步自封呢？

一种刊物创出来、办下去，不改是相对的，改革才是绝对的。在时代奔腾的洪流面前，中国期刊只有坚持改革、适应、再改革、再适应的办刊思路，才能阔步向前，达到无限风光的境界。因此，办刊人改刊，不仅是需要的，而且是必然的；不仅改一次、两次，而且必须牢固确立改革观念，常改常新，永葆青春，才是办刊人的根本之计。

二、期刊改革的原则

在社会主义制度下办刊、改革，必须坚持遵守宪法、法律和党的出版方针与政策，这是毋庸置疑、无须探讨的。这里阐述的所谓原则，实际是期刊改革策划操作中几个具有普遍性的纽结。

主编主体意识的原则。不痛不痒的改革，刊物很难改出焕然一新的面貌；而大刀阔斧可使刊物上台阶的改革，势必触动各路"神仙"的神经。错综复杂的人际关系，使人处于欲改不行、欲罢不能的尴尬境地，结果出现为改一期封面、一种标题字体讨论来讨论去，旷日持久，没有结论的情况。因此，期刊改刊，首先呼唤的是主编主体意识的原则。

恩格斯在《论权威》中指出："能清楚地说明需要权威，而且需要最专断的权威的，要算是在汪洋大海上航行的船了。那里，在危险关头，要拯救大家的生命，所有的人就得立即绝对服从一个人的意志。"看美国电影巨片《泰坦尼克号》，当巨轮撞上冰山，船舱进水，船体下沉的非常时刻，船长梅森果断地下达紧急求援命令并组织疏散乘客，谁能否认船长的权威地位和主体意识的作用呢？可见，任何一项为实现某一目标而进行的群体活动，都需要一个权威的核心，而这个核心往往是成败的关键。期刊编辑部全体员工，主管期刊社的责任领导，均要明白这一点，并达成共识。这是问题的一个方面。

另一方面，也是更重要的方面，是主编自身内质要强，素质要高。发号施令的地位要求主编应当具备比较广博的知识，比较开阔的视野，比较果断的手段；对改革运作调查、论证、实施、预见、解惑，以及对社会思潮、热点和读者文化层次、阅读兴趣、口味变化的总体把握等，均能高人一筹；经常提出选题的新思路，拿出改善经营的新设想，总结工作的得与失；并能虚怀若谷，听取不同的意见，吸取有益的见解，集中群体的智慧，完善既定的决策，形成权威的轴心；在意见出现分歧、各不相让之时，经过权衡，敢于拍板，使期刊改革的整体工作像一列火车，有序地运转起来。

扬弃确切有度的原则。 改革包括办刊宗旨、读者对象、内容风格、栏目设置、版式画面、开本大小、封面设计、印刷装帧、发行地区等方面的调整和改变。这是总体而言。具体到某一种刊物怎样改，就是说保留什么，改掉什么，增添什么，改后的整体协调，这些都要操作得体，恰到好处，这就是确切有度的原则。有的改革改的结果淡化了刊物的特色，弱化了刊物的风格，甚至越改越糟，这是该改的不改，不该改的瞎改，扬弃无章无度所致，需要我们特别警惕。

贯彻扬弃确切有度的原则，最根本的是面对时代的新走向、市场的新形势、读者的新变化，立足刊物特色，对刊物进行冷静而严峻的全方位审视，并与全国同类期刊进行客观而细心的横向比较，认定本刊的优势，找出存在的差距，以确定改革的主攻方向和具体内容。概括而言，就是知彼知己，胸有成竹，大刀阔斧，扬弃有度。一时确定不下来的，放一放，看一看，反复研讨，再行定夺，务必谨慎从事，避免失误。这里，需要防止两种倾向：一是赶时髦。"人家都改了，我们也赶快改吧！"对本刊缺乏精到的分析而盲从改革，很难保证改好。二是标新立异。一个继任的新主编，踌躇满志，热情很高，总想"新官上任三把火"，给刊物来个新面貌，以显示自己的才华和魄力。这种不健康的动机很难换来改革的健康发展并达到既定的目标。

行动稳妥推进的原则。 扬弃的方面和分寸已经条理清晰，是否可以操作实施了呢？不可。因为动手改革前尚需掂量一番现有条件，以便量力而行，防止半途而废，这就是稳妥推进的原则。

经过调查、论证、归纳，刊物的若干方面需要改革，这个认定尽管完全正确，但应当改的有没有能力去改，应当办的有没有能力去办，这又是另一个问题。它牵连到单位人、财、物的实力，其核心是经济问题。比如，提高封面和内文的纸张质量，小开本改成大开本，扩大内容增加印张，增加彩色插页等，均需增加相应的资金投入。这样，经济实力则成为改革根本性的制约因素。另外，稿件品种增加，长篇缩编，强化责编采写，规定跑发行定额，这无疑都是正确的。但随之而来的是人手紧张，精力不够，短期内可以突击，长时间就很难坚持下去。因此，改革必须量力而行，遵循客观规律办事。改革的步伐超出单位财力和人力最大限度的承受能力，这就需要对改革的内容重新加以调整，分出轻重缓急，分步分段操作实施。这样实事求是地改革，一步一个脚印，扎实稳妥，效果会更好。

三、期刊改革的内容

如果讨论改革的理论依据和基本原则是"务虚"的话，那么决定改革内容则是"务实"的事。前面提及，改革涉及方方面面，而且各种刊物各有各的个性，很难一一陈述，这里只能就主要方面，结合具体刊物谈谈期刊改革共性的一些问题。

刊物特色和栏目架构。栏目架构常常体现刊物的特色，而刊物特色又往往决定栏目的设置，二者是相辅相成的。一本办得好的刊物，总有其特色和风格：或沉稳雄健，或轻松活泼；或以哲理性称著，或以幽默感见长；或大众生活话题，或政坛精英荟萃；或辅读教材，或科幻世界；或供白领丽人消遣，或给打工群体指点人生，等等，不一而足。只有办出特色，才能自立于全国期刊之林。显然，改革只能改掉那些不合刊物风格的文章，不能体现刊物特色的栏目，取而代之的应是强化刊物风格和特色的内容。以《名人传记》为例，这个刊物以刊登社会各界国家级、世界级名人的文学传记为内容，多年来形成严谨稳健的特色和风格。为适应时代的发展和社会的进步，1997年进行改版，增加科教和经济领域的名人传记内容，具体是通过"科教名家"专栏加大科教兴国的宣传分量，通过"海外赤子"强化爱国主义的宣传力度，通过"经营巨子"专栏服务经济建设。组稿和审稿密切注意资料的新鲜度，强调文字的清新优美和传主形象的生动饱满。同时，改插图为照片，以增强刊物的纪实性和文献性。栏目改革的指导思想是，总体不变，合理归纳，适当增设。"不变"是为了保持《名人传记》的特色，如"人物春秋""革命志士""军旅勋臣""环球人物""名人恋情""名人轶事"等，这些传统栏目颇具特色。"归纳"是为了增强栏目的凝练性和科学性，如"艺苑奇葩""艺苑折枝""艺坛明星""画坛传奇"，后三者归入前者。"增设"是为了使刊物伴随并反映时代前进的脚步，力争更贴近现实，贴近读者，如增设"焦点人物""名人与香港""名人沉浮"等，原有栏目31个，改版后为27个。内容和栏目改革后，进一步强化了刊物的特色和风格。许多读者反映《名人传记》题目抓人，事迹惊人，精神感人，越来

1999年秋，《名人传记》在长沙书市上的广告宣传单页

越有看头了。

版式设计和画面效果。二者相拥相偎，互为依托。设计者的水平，编辑部的面孔，刊物的风格和质量，都会通过这面镜子清晰地反映出来。和文章的内容相比，这似乎只是刊物的形式，因而往往成为被遗忘的角落，常常被办刊人所忽视。版式和画面是一个不容忽视的重点，一个对读者视觉感官能否产生冲击力的关键部位，同西方杂志相比，中国期刊的版式和画面稍有逊色。当前，中国期刊的版式真正杂乱无章者是极少数，而多为呆板规整，死气沉沉，缺少变化和美感。版式改版的目标应当追求刊物整体的大气，注意阴、阳、刚、柔的协调，注意黑、灰、白的层次，做到内页与封面并重，图稿和文稿兼顾，标题与文字相称。一般来说，凝重厚实的刊物，文字字体以宋体为佳；轻灵明快的刊物，文字字体以正楷为宜，眉清目秀，大方得体，给人一种静中有动、清新爽朗的感觉，使读者打开刊物顿生喜爱之情。版式设计的优劣首先取决于设计者，设计者先要通过研究确定刊物的内涵定位，才能确定刊物的版式定位。同时，刊物的版式设计也同编辑密切相关，编辑可以提出设想，供设计者参考，双方配合，相得益彰。画面特别是彩色照片是期刊优于图书和报纸的重要手段，是能与电视比肩争取读者大众的重要要素。过去，人们一般只重视画面对刊物的装饰和美化效果，而忽视画面的具象性、新闻性和文献性。刊物设计者应从刊物的质量出发，把画面的重要性提高到期刊命运支点的高度，更新设计观念，体现审美情趣，增加文化含量，反映刊物特色。改革画面，除设计工作上要求精益求精外，图片的资金和技术投入是其中的一个关键环节。

发行举措和广告运作。过去办刊，重编辑，轻发行，忽视广告，羞于讲钱论价。编辑埋头潜心办刊，对经营管理不懂不学，对经济效益不管不问。这是长期以来只认刊物的文化属性而不识刊物的商品属性造成的。改革中，首先应当破除头脑中陈旧的传统观念，强化期刊的商品性，认清期刊产业化的路子，明白扩大发行和开发广告财源是期刊两个重要的经济增长点，把编辑、发行、广告切实放在同等地位对待。刊物发行，要适当加大资金投入和广告宣传的力度，采取邮局征订、零售、批销并举的措施，放开折扣、薄利多销，扩大市场上的占有份额。广告经营最好请专家"会诊"，搞好策划，确定价位，采取招标办法，寻找适当的广告代理公司，签订合同，进行公证，从而不断有效地扩大期刊的经济效益。

四、期刊改革的检测

改革是成功了还是失败了，回答这个问题，仍然需要回到毛泽东的《实践论》中去，让实践进行检测。检测的主体是广大的读者。检测的办法可以开展读者调查问卷活动，可以召开评刊座谈会，还可以委托调查公司进行调查。针对读者的反馈信息，进行综合分析，逐步完善改革。

（本文在 1998 年 8 月 19 日至 22 日北戴河召开的晋冀鲁豫第九届出版理论研讨会上宣读并被会议写入纪要，后收入《社长总编辑（主编）论出版》一书中，该书由商务印书馆 2000 年 11 月出版。）

张姓祖根在濮阳

中华张姓始祖挥公雕像

曾任河南省濮阳市人事局局长的刘巧云，花了多年时间研究张姓文化，出版了几本专著。这件事，在一般人看来真有点不可思议。刘巧云说："我姓刘，为什么不去研究刘姓文化，却去探求张姓祖根？说来话长。"

十年前，刘巧云由濮阳县副县长调任县委宣传部部长。上任不久，她就开始琢磨如何宣传濮阳。一次，河南省一影视公司的负责人带着省委一位领导同志的亲笔信到县委，要求和濮阳县联合拍摄中国百家姓专题系列片之一《张姓源流》。县委责成刘巧云主持其事。在经费十分短缺的情况下，刘巧云带领宣传部的二十多名干部，自制服装道具，四处"抓丁拉差"，历尽千辛万苦完成了任务。片子在河南电视台、中央电视台播放后，反响很好。时任河南省委书记的李长春出访东南亚，将此片赠送给新加坡国家资政李光耀，受到高度赞扬。随着中国改革开放的深入发展，东南亚国家的华侨迅速兴起了来中国大陆寻根问祖的热潮。至此，刘巧云便与张姓文化结下了情缘，再也分不开了。

电视片完成之后，刘巧云便将张姓文化研究作为一项事业孜孜以求，开始多角度、全方位地搜集有关张姓文化的文献资料，万里寻觅。她北上南下十几次，拜访对姓氏文化有研究的知名专家学者。在北京，她访问了张岱年、罗哲文、张芝联、谢辰生、张文彬、姚雪垠、杜永镇、魏巍、李準等十七位资深学者和作家。每到一地，她总是先去新华书店和图书馆，仅北京国家图书馆和北大图书馆她就去查找资料六次。她的助手张严凡在北京林业大学读书的四年间，帮助她查阅了大量资料，参阅人物大典之类图书七十多部。她去开封，多次拜访河南大学朱绍侯教授，之后又两次请专家、学者、教授在濮阳召开张氏起源学术研讨会，日以继夜，几易其稿，终于汇编出版了《龙乡寻根》一书，从此奠定了张姓祖根在濮阳的理论基础。

　　刘巧云出版的专著，一本是《龙乡寻根》，一本是《张姓源流》，一本是《张姓历代名人》（上、下集）。她说，大量的历史文献和权威专家的研究成果无不雄辩地证明，远古的挥公就是张姓的始祖。那时的帝丘（即今濮阳）就是张姓的祖居地。刘巧云进一步解析说，距今5000年前，在黄河流域的中原一带居住着强大的黄帝部落。嫘祖是黄帝正妃，生有二子，其中一个叫玄嚣。玄嚣生子叫挥。黄帝还有一个孙子叫颛顼，后继承帝位。挥辅助颛顼帝。当时，另一个部落共工经常侵犯黄帝部落。为了抵抗共工侵袭，挥发明了弓箭并打败共工。颛顼帝大喜，遂封挥为弓正长官，并说："弓、长合而为张。你姓张，名正言顺也。"从此，挥就成了张姓的始祖，子孙繁衍遍及神州。魏晋隋唐时期，张姓大发展。到唐太宗贞观年间，张姓已达七郡之域。明清之际，张氏百姓出海南洋，前往越南、泰国、马来西亚、新加坡、菲律宾、印度尼西亚等国，谋生、创业、发展。因此，张姓在海外五大洲已有5000多万人，人数居海外华裔前三名。

我与春联

在中国传统春节，岁末除日，配合年画，将写在或印在红纸上的对联贴在门框上，就是贴春联啦。春联的历史和意义，笔者在拙著《朱仙镇年画史话》中早已谈及，再重复没有意思。这里谈的，是我同春联的关系。

在我童年的记忆里，过年贴的门画和春联都是父亲从农村的集市买回家的。大年三十早饭后，母亲用盛饭的铁勺熬好糨糊，然后父亲将年画和春联贴在每个门上。有一年，祖宗牌位两旁的对联破旧得不能再用了，父亲裁好红纸要我去找村上的"书先"再写一副。那位戴眼镜的"书先"将笔墨和红纸摆到饭桌上，闭上眼睛想了一会儿，便用毛笔写下"忠厚传家久，和平处世长"这样一副对联，然后说："回家让你爹贴在祖宗牌位两旁吧！"这件事算起来足足60年了，但依然清晰地刻在我的脑子里。大概这是我独自接触春联的最早记忆了。

12岁我考入初中，上初三时，一次课堂上，教语文的刘子霞老师要同学们学编春联，并规定不准抄用老春联。那是一个寒冷的冬日，那天还下着大雪。看着窗外飘飘洒洒的大雪，我突然灵机一动，编出了"春联"。经过大约一刻钟的时间，全班同学的春联都编出来了，大家叽叽喳喳交给了老师。突然刘老师点我的名，要我背诵自编的对联。我满怀信心，站起来高声朗诵："鹅毛大雪飘下来，好似白面真好看！"同学们听后哄的一声都笑了。我不明白大家笑什么，解释说："对联不是一边七个字吗？两边的字应当一般多。笑什么？"这时，刘老师也笑了，鼓励说："宋瑞祥同学望着窗外的大雪，能触景生情，编了词儿，虽然算不上春联，但也算不错的诗啊！"稍停，他说："下面，我来给同学们讲讲春联。"

刚才如鸟巢的教室，顿时鸦雀无声了，刘老师开始讲春联。他首先自问自答地说："什么叫春联？就是春节贴的对联。春联的特征是什么？是上、下两句相对应。那么如何对应呢？举例说吧，如大对小，白对黑，日对月，圆对缺，等等。"刘老师随口背诵一副春联："春前有雨花开早，秋后无霜叶落迟。"他边背边用粉笔写在黑板上，一个字一个字展开来讲解。他说："同学们，这两句不仅都是七个字，而且字字相对应。你们看，'春'对'秋'，'前'对'后'，'有'对'无'，'雨'对'霜'，'花'对'叶'，'开'对'落'，'早'对'迟'，这就充分体现了对联的特征。再说，上、下两句，前句音落在'早'字上，音调扬起；后句音落在'迟'字上，声音平实。两句连读起来给人以朗朗上口、流畅自然的美感。上、下两句两种对称的自然画面形成对比，诗情画意和声调音韵一一对应。这才叫春联！"今天回想起来，当初刘老师讲的上句"早"字声扬，下句"迟"字音平，即春联中声调平仄的问题。就是说，"春前"对"秋后"（平平对仄仄），"有雨"对"无霜"（仄仄对平平），"花开早"对"叶落迟"（平平仄对仄仄平），声调连贯起来即是"平平仄仄平平仄，仄仄平平仄仄平"。这副春联不仅对仗工整贴切，而且声调优美动听，足可称为春联之经典。汉语中声调平仄的规律，不仅用于春联，还被广泛运用到中国的古典诗词，律诗和词要求尤为严格。

这堂语文课，不仅让我对春联加深了理解，而且对语法知识、意境声韵也有了初步认识，给我打开了一扇中国文字美学的窗户。我深切感到，优美的春联，蕴含着文明的睿智，折射出民族的灵光。将大红春联贴在门框，不仅烘托出春节欢乐的气氛，而且成为中华文化一个经典的符号。

十年"文化大革命"，春联中的"文化"被革掉了，留下的是僵化的"革命"。全国各地城乡街村的大门小门上，除了千篇一律的空洞口号外，就是味同嚼蜡的政治颂词。春联中老百姓的生活和情感，被政治说辞挤到了社会的角隅和边缘，甚至荡涤而去了。

时间如白驹过隙，农耕文明的风雅江河日下。传统春节，在百姓心目中，春联如同馒头、饺子一样，不可或缺，区别在于一个是精神，一个是物质。随着现代文明和工业化的迈进，各种化学的添加剂，不仅被人们越来越多地添加到馒头和饺子中，而且也被添加到春联中。"文革"虽然结束了，但这种"添加"却有增无减，原汁原味的传统春联在市场上已经很难见到了。因此，每逢春节，节前我不得不挤出时间前往文化市场和地摊，耐心寻觅，虽然满眼是印制精美、花花绿绿的春联和年画，有墙上悬挂的，有地上铺展的，而驻足看那内容，则大同小异：

福多财多喜乐多
人顺家顺百事顺

好运接来平安财
和顺迎进吉祥福

贺佳节吉祥如意
迎新春富贵满堂

平安是福福星照

百顺为祥祥满堂

吉祥如意迎新春
欢天喜地过大年

年年好运新春乐
岁岁平安合家欢

　　我摇摇头，悻悻地走开了。蹒跚中我想，过年不贴春联总不是个事。眼看大年三十就要到了，只好从市场上随意买了一副"山舞银蛇兆丰年，花开富贵报平安"的春联回家贴了。过了大年初五，我上街转悠，只见大街两旁商家店铺的春联印制更加精美，尺幅更加宽大，主题也更加集中突出，副副春联都离不开一个"发财"的"财"字：

宝地生意通四海
福门财源达三江

遍地生意腾云起
顺天财运乘风来

九州进宝金铺地
四海来财富盈门

心想事成家运兴
顺风得利财源广

好生意连年兴旺

大财源百川汇海

我边转边看，边读边想：发财致富，人人所欲；荣华富贵，家家所求。这是无可厚非的。但连篇累牍的"财源""财富""财运""财多"，散发出的是一团团热烘烘的铜臭味，令人喘不过气来，

作者与俄罗斯汉学家、中国木版年画研究专家李福清在一起

春联中的文化元素哪里去了？心中不由发出"如今的春联变馊了"的感叹！

我对市场上的年画和春联虽说失去了信心，但依然改不了旧习，每年春节前还是习惯性地出去转转看看，总希望发现一副满意的春联，买回家贴。工夫不负有心人。2009年，我在郑州市经八路的一处地摊上发现一副对联："喜看春日花千树，笑饮丰年酒一杯。"联想年初我的诗歌散文集《绣在嫁衣上的花瓣》出版，颇得友朋好评，正如一杯小酒，饮之陶醉其中。我当即高高兴兴买回家贴上了大门，独立门前品评。2010年，我在郑州市东三街年画店发现一副春联："春夏秋冬行好运，东西南北遇贵人。"同样高高兴兴买回家贴上了大门。正月初六，邀请高朋好友光临小宅谈心话旧。我在致辞时说："诸位看到我家大门上的春联了吗？'春

夏秋冬行好运，东西南北遇贵人'，你们可都是我家的贵人哪！贵人们，干杯！"大家欢笑着，举杯一饮而尽，心情好不痛快！

2011年春节前就没有那么幸运了。我在文化路上转悠了几天，始终没有遇到一副满意的春联，恼恨中想，既然从市场上寻觅不到个人喜欢的春联，何不自编自写、自娱自乐呢？因此，我一改从前的习惯，开始创作春联。我并不在意书法之优劣，也不过分讲究平仄之对称，只重内容之独特，贴在宅门上，自己满意，别人称好，也就心满意足了。几经抓耳挠腮，我终于编出一副属于自己的有"版权"的春联，写的是我习文学、妻教琵琶、儿唱美声、女搞设计的家庭生活：

丝竹管弦美声咏叹

书画诗文工笔描抒

2012年，我将全家11口人的名字嵌在自编的春联中：

杨柳金蔓呈瑞彩

豪华丽轩征荣光

这副春联构成两幅别人莫明其妙、全家乐在其中的美丽画图，传递着全家和睦、和美、和谐的心声。虽然春联中的用词和平仄有待推敲与改进，但欢乐幸福的气氛终被渲染出来了。

青青吊兰丝丝画

朗朗书斋琴琴诗

这是2013年我自编的春联。我用诗情画意，描绘了家庭主人对高雅情趣和温馨生活的追求。在吊兰似画的优美环境中读书、弹琴，让人惬意和舒畅。难怪一位送孩子到家学琵琶的家长看后羡慕地说："这副春联，只配贴在您家的大门上！"

我们因历史而成熟

今天，农历2009年9月9日，是传统的重阳佳节，又是三"9"聚合的吉祥日子，真是天时、地利、人和。在这个喜庆日子，在魂牵梦萦的母校，同学们欢聚一堂，为梁老师祝福挂匾，倾诉师生情谊，真乃人生一大乐事。

重阳佳节，又称登高节、茱萸节、感恩节，1989年我国政府

晚年又见圆明园（作者摄）

将其定为老人节。传统的重阳节日里，亲朋至友相约郊外登高，在山苍水碧、菊黄桂香的秋色里，插山茱萸，饮菊花酒，食菊花糕，享受自然的美景和人生的快乐。重阳曾引发陶渊明、王维、刘禹锡等历代著名文人墨客的澎湃诗情，留下一首首脍炙人口、传诵千古的诗篇。今日，我们簇拥着梁老师登高，不是去登自然界的山岗，而是登上人生的高地，回眸昔日的峥嵘岁月，收获教学相长的幸福和人生壮美的风景。

自 1961 年高中毕业至今重逢，时隔 48 年的漫长岁月。同学们大学毕业后，走上工作岗位，经过几十年奋斗拼搏，每个人都取得了一定的成绩。如今有的同学成为企业家；有的同学成为农学家并荣获省农业科学领域的多个奖项；有的同学成为高级工程师并在郑州和海南设计建造起一栋栋高楼大厦；有的同学被评为河南省和全国的优秀教师；有的同学在大学任院长，如今桃李满园，苍枝吐翠；有的同学成为国家正厅级公务员；有的同学成为作家、编审，所著《朱仙镇年画七日谈》一书获 2006 年度全国优秀古籍图书普及读物奖，所著《中华荣辱大观园》一书由河南省委书记徐光春亲自作序，称赞是"集思想性、知识性、文学性、趣味性于一体的好书，是弘扬民族文化、进行社会主义荣辱观教育的一本优秀读物"。这些成绩的取得，都与老师们的培养教育分不开。我们对母校和老师们的感激之情，正如毛阿敏演唱的歌曲《绿叶对根的情意》一样，"我的心依着你""我的情牵着你""我是你的一片绿叶，我的根在你的土地。这是绿叶对根的情意"。毛阿敏的深情歌声，勾起我们心中埋藏已久的情怀。

梁老师曾任我们中学时代的历史课教师。历史是一条不舍昼夜、奔腾向前的长河。夏商周，秦汉晋，隋唐宋，元明清，接下来是中华民国，再接下来是中华人民共和国。而其中的 1955 年至 1961 年，在新中国 60 年的历史进程中，虽然时间不算太长，但却非同寻常。正确与错误，天灾与人祸，裹挟着、纠结着向国人袭来。在这个特定的年代，梁老师坚定地用一双大手引领我们踏进了历史的洪流。我们，一群从农村土屋土院走进长垣一中的穷孩子，个个像营养不良的瘦弱禾苗，既缺身体的营养，又缺知识的营养，常常饿着肚子读书，劳动，勤工俭学，大办钢铁。大家"饥餐同食一锅粥，苦读共度五更寒"，终于走出度日如年的三年困难时期。在如此艰辛的岁月里，老师们向我们传道、授业、解惑，以"有教无类""诲人不倦"的情怀，忍受着物质的、精神的煎熬与折磨，用丰富的历史知识为我们稚嫩的心灵开启中华历史文化宝库的大门，点亮我们心中热爱家乡、热爱祖国的明灯；梁老师用历史名人的故事，为我们树起人生的路标。那些刻苦铭心的经历和体验，如今也成为了历史。这部历史今天重读起来，让我们倍感珍贵和亲切！

历史是研究和阐述人类社会发展的过程及其规律的一门科学。中国历史是中华民族传统文化宝库中的重要组成部分。早在晋隋时期，《经籍志》就将中华传统的文献典籍分类为经、子、史、集四大部分，至清代编修《四库全书》，又将史部提前，方成为经、史、子、集序列。我们不难看到，中国历史中，历代的兴亡，历史事件，历代名人的活动，构成气象恢宏的历史活剧大系，一幕幕扣人心弦，发人深省。唐太宗李世民在朝廷重臣魏徵死后，曾痛惜地说："以铜为镜，可以正衣冠；以史为镜，可以知兴替；以人为镜，可以明得失。朕常保此三镜，以防己过。今魏徵殂逝，遂亡一镜矣！"可见，历史对于人生事业是多么的重要；由此可知，历史对于传承华夏文明是多么的重要；进而让人联想，历史对于中华民族屹立于世界民族之林是多么的重要！这一切，中学时代的我们还懵懵懂懂；如今历经半个世纪的人生沧桑，我们方知当初老师们的良苦用心。

在人类社会中，记录历史的是时间。人类可以改变万物，却无法改变时间。半个世纪以前活蹦乱跳的小青年，如今也成了年过花甲、接近古稀的老人了。但在老师们的面前，我们永远是孩子、是学生。冯骥才先生说过："历史依然鲜活地存在于现实中，存在于我们的生命中。历史应该是我们经验过和创造过的生活的一种升华。它升华为一种精神，一种信念，并结晶为一种财富，和我们的血肉生机勃勃地混在一起。我们在历史中成长，因历史而成熟。"哲言睿语，冯先生的话讲得是何等之好啊！我们在历史中成长，因历史而成熟。

最后，祝福梁老师在享受天伦之乐中，颐养天年，健康长寿！祝愿母校兴旺发达，桃李满天下；祝愿在座的各位领导、老师和同学工作顺利，家庭幸福！让我们师生永结同心，热爱生活，关爱生命，再创人生晚年的历史佳话！

（此为梁相盛老师挂匾仪式上的发言稿）

宁夏的晚霞如人生之晚岁

三访"博古堂"

　　志向高远而处世低调的"博古堂"主张文建，像一颗钉子被埋在钧都神垕这个大"麻袋"里，二十八年不为人知。2010年9月，在中国陶瓷工业协会举办的"首届中国历史名瓷烧制技艺大赛"中，张文建烧制的钧瓷象鼻尊一举夺得银奖，这颗深埋的钉子终于穿透"麻袋"露出了头。河南省陶玻协会会长王爱群女士在通知他被评为河南省陶瓷艺术大师时说："文建啊，您是默默无闻，一鸣惊人啊！"

　　张文建的钧瓷人生，肯定有耐人寻味的故事。抱着好奇，我搭乘长途汽车三次走进"博古堂"，看了制作钧瓷的原材料，看了对原材料的加工过程，走访了钧瓷技艺的见证人，欣赏了秘藏的钧瓷珍品。末了，我请张文建谈谈经验和体会。张文建笑了，摇着头说："要说体会，就是一个字：难！你想吧，从原材料到烧成一件成品钧瓷，大大小小要经过几十道的工序，每道工序都不能有丝毫的疏漏。"说着，他突然指着身旁妻子张艳敏脖子上的金项链说："就像她的那个金项链，环环都是金的，没有一环是黄铜的、镀金的、凑数的，那才叫真正的金项链、精品链。"我与他美丽的妻子都被他精彩的比喻逗笑了。兴奋中我突有所悟：

"文建，那么就用这个'精品链'的思路，回首您默默无闻、一鸣惊人的钧瓷人生吧！"

听精仿

张文建的钧瓷人生是从仿制古瓷开始的。

说到仿制，我联想到一个故事。20世纪80年代，在北京团结湖范曾先生的家中，当我问及他的绘画经历时，他带我走进他的书房，指着案上近三米长的《八十七神仙卷》说："这是我的临摹。我的绘画就是从临摹开始的。年轻时，在中国历史博物馆工作期间，我临摹了李嵩的《货郎图》，张萱的《捣练图》，周昉的《虢国夫人游春图》，张择端的《清明上河图》……白天黑夜伏案，多画这样一些精微的画。"曾经临摹过一卷半《清明上河图》的冯骥才先生说："临摹是中国人钻研传统、掌握基本功的手段。只有在临摹时，才能真正进入先生的画中。"

我想，书画的临摹，不就是陶瓷、青铜器的仿制吗？我不是要拿张文建与范曾、冯骥才相比。张文建绝对不是范曾、冯骥才那样国宝级的文化精英，他对传统陶瓷的认识远远达不到那样的高度和深度。但毋庸置疑，他是从仿制开始走上自己的钧瓷人生道路的，其间的盲目性无须多说。他从仿制、钻研传统起步，几经磨砺，逐步掌握了钧瓷烧造的基本功。

1993年，张文建所在的禹州市钧瓷一厂倒闭了，彷徨、徘徊，迫于生计，他在家建起小窑，开始了长达八年的古瓷仿制。他最先仿制交趾陶，接着仿制了汝瓷、官瓷、哥瓷、炉钧。

交趾陶，是一种多彩软陶工艺品，起源于清朝道光咸丰年间古称交趾的广东五岭以南地区，至今不到200年的历史。但交趾陶的制作工艺很复杂。它恰似紫砂壶的制作，全凭匠人用巧妙的双手及竹篾，按照预先画好的设计图，将陶土片一片片贴合，反复加工，修饰成器，再以多彩釉按部位分别着色，集设计、捏塑、彩绘于一体，经过烧制，形成绚丽多彩的精美器物，作为居室摆件和寺庙、堂楼屋顶的装饰。张文建从洛阳觅到制作交趾陶的师傅和样品，开始仿制。经过数月的实践，方才掌握交趾陶烧制的要领。仿制中，他精益求精，竭力做到"造型生动，色彩协调"，结果产品人见人爱，常常被人索去。交趾陶的仿制，提高了张文建造型方面的制作工艺，培养了他的民俗装饰意识，但由于产量少，效益差，他不得不另找出路。

生活是艰苦的，但再艰苦总得继续下去。他找到表哥张自军。张自军对钧瓷造型、配釉、烧成都有一套，特别对传统钧瓷上的"蚯蚓走泥纹"颇有研究，在神垕小有名气。在张自军的帮助下，张文建前往宝丰县清凉寺寻找汝瓷瓷片，到开封寻找官瓷瓷片，到浙江寻找哥瓷瓷片，在神垕寻找炉钧瓷片，然后回到家中对比研究各种瓷片的胎质与釉色。

他发现，汝瓷，胎虽薄，但精致规整、细腻坚实，色如香灰，釉以天青色为主，仿佛雨过天晴后的明净天空；器型有碗、盘、碟、瓶等；多采用满釉裹足支烧，足底有三五个细小的支烧痕。官瓷，胎质细腻密实，呈褐紫色，以生活用品和陈设用器为主，造型朴素、高雅、秀美；采用厚釉工艺，追求质感，裹足支烧，器底有细小支钉痕。哥瓷，胎呈灰白色，胎质粗糙，胎壁较薄，釉色以天青、米黄、灰青为主，有透明感，釉面布满龟裂的纹片，大小相错，深浅有致，形成"金丝铁线""紫口铁足"的特点。哥瓷碎裂的纹片，犹如隆冬湖面冰冻的裂纹，别有一种古朴、自然之趣。器型有鱼耳炉、贯耳瓶、碗、罐等，造型高贵、典雅，底部有四个小支钉痕。钧瓷胎釉皆精，胎质细腻均匀，呈浅灰色，釉色丰富多彩，以天青、灰蓝、月白、海棠红、玫瑰紫为主，器型有花盆、瓶、炉、尊、洗、罐、壶等；除"蚯蚓走泥纹"的特色外，五光十色的窑变效果呈现出"夕阳紫翠忽成岚"的艺术境界。

张文建在对比研究中，分别仿烧了汝瓷、官瓷、哥瓷。在仿烧哥瓷时，器面上的冰裂纹多次未能烧制成功。针对冰裂纹的技术，他请专家支招，认识到哥瓷上的冰裂纹片是由于胎、釉的膨胀系数不一致所造成的，于是从胎料、釉料和烧成上攻关。经历一次次失败，不断调整胎、釉的材料构成，最后终获成功。

　　张文建年复一年地精心仿烧，历经八年，各种古瓷仿制的技术已全盘掌握。看到一窑窑以假乱真的传统古瓷，他长期以来的寂寞、艰辛、疲累全部被成功的喜悦取代了。许多瓷贩登门而来，背上他的仿制品，跑北京、广州去销。张文建家的生活也从低谷爬到了水平线上。在他双手栽种的"摇钱树"下，眼看着"聚宝盆"里的"元宝"在与日俱增。然而，突发的一件事一下子改变了他的专业方向。

　　2007年夏，一个绰号"憨子"的小瓷贩从他窑上购买了28件汝瓷，搭乘一辆货车到北京去卖。到北京下车一看，货车上的装载物将他的二十八件汝瓷全部碰碎。"憨子"痛哭失声，彻夜未眠。第二天，他将碎瓷倒在地上，捡起一片细看，突然脑中迸发出"卖瓷片"的奇想，顿时兴奋起来。于是，他动手做旧，做旧如旧。他先带上十多片到潘家园古玩市场试卖，结果两天高价卖完。买主从汝瓷片的釉色、胎质，特别是足底残片上的黑芝麻似的支烧痕迹，确认不疑这是北宋的官汝瓷片。"憨子"在木讷的表情下，两个月卖完全部瓷片，带着赚的好几万元回到了神垕。他来到张文建家，兴奋得手舞足蹈，滔滔不绝地讲述他的传奇。张文建听了，开始喜上眉梢，随后沉静地说："'憨子'，你真猴精！你这不是骗人吗？""憨子"笑了："文建哥，我还不是跟你学的？你的仿制品以假乱真，又不让告诉人家实情，不也是骗人吗？"张文建无言以对。

　　这一夜，张文建辗转反侧，难以入眠。第二天清早，他起床就对妻子说："艳敏，昨晚我想了一夜，我们不能再烧仿古瓷了。

做瓷应当先做人，不弄虚作假，不哄人骗人。正正派派，实实在在，烧造咱们的钧瓷吧！"

看精制

如今的张文建已非昔比。八年仿制古瓷的历练，使他驾轻就熟进入宋代名瓷的艺术境界。胎釉材质的成分，呈色机理，胎釉的膨胀系数，烧成气氛，张文建烂熟于心。制瓷过程中的各种疑难杂症，张文建一看便知端的。实践出真知，磨炼长才干。在烧造瓷器上，张文建已从盲目走上了自觉。在从仿制到烧钧的跨越中，他首请专家帮助，成功建造了一口五立方米的倒焰窑。接着，便是钧瓷釉方的问题。提起釉方，他突然忆起一串故事，好像从深秋的沃野地里提起一兜红薯，块块连着根，抱团无声音，心里泛起欣慰的涟漪。

故事发生在他仿制古瓷的八年中。张文建有位表伯，叫苗铁桶。苗铁桶曾任禹县国营瓷厂车间党支部书记、人事科长，神垕镇的钧瓷科研所第一任所长，负责管理瓷厂的人事和技术档案。神垕赫赫有名的钧瓷世家卢广东、卢广文，当时是国营瓷厂的技术骨干。他们进厂携带的祖传釉方，就存放在瓷厂的档案室里。2002年苗铁桶退休后，将卢家的釉方带回家中。2003年，苗铁桶带着两个儿子仿烧汝瓷，但总烧不成。他听说张文建也在仿烧汝瓷，并取得成功，便求文建帮助。文建对表伯苗铁桶的要求毫无保留，有求必应。从此，两家人经常在一起探讨汝瓷、钧瓷、炉钧的烧造工艺。一次交流中，苗铁桶无意中提起从瓷厂带出的那份卢家祖传的炉钧釉方。2004年夏天一个傍晚，张文建忙完一天的活，从家来到南大街禹州市钧瓷二厂附近的苗铁桶家，走进石头砌成的低矮小屋，坐下来拉起家常。谈着谈着，张文建问起炉钧釉的配方。苗铁桶听了，毫不犹豫地从里屋小木箱中取出一个发黄的小本本，神秘地说："这是'大跃进'以前的炉钧釉方。你自己抄吧！"文建抄完，将小本交还表伯。苗铁桶叮嘱说："你烧就烧，不烧不要随便给别人说。"张文建拿到这个釉方，在当时仿制古瓷的窑中以此配方试烧，烧出的风格与清代卢家的传统瓷完全一致，釉色丰富，胭脂红、孔雀绿，五彩渗化，异彩纷呈，金星满布，美不胜收。他无限感叹地说："代代钧瓷人，人人连着根。根就是传统，根就是诚信。"

从卢家传统的釉方和八年仿烧古代名瓷的实践，张文建悟出一个深刻的道理，那就是凡名瓷都是不计成本，都是使用最好的材料，选择技术最高超的工匠烧制，这是名瓷的共性。在当今市场经济的条件下，民营企业不计成本是做不到的，但用最好的材料，以精良的工艺、诚信的理念加工制作，是完全可以烧出精品钧瓷的。然后以成本论价，优质优价。

对张文建这样的聪明人来说，认识的深化定会成为他自觉行动的先导。对钧瓷的几十道工序，他按此理念，道道工序严格把关，一丝不苟选料、加工、制作，从不放过任何一个细节。举几个例子：

先说草木灰吧。草木灰是炉钧釉中一种重要的原材料。在一般的外行人看来，草木灰不就是农家秸秆烧成的灰烬吗？那可不是！张文建烧炉钧所使用的草木灰，是特选鲁山县西部大山里的栗木燃烧后的灰烬。这种木灰含微量元素丰富，炉钧窑变效果好。而他对栗木灰的加工细致而有耐心：首先备好大、中、小、最小四个水缸，先将15公斤的栗木灰倒进一号大缸中，然后加水搅拌；搅拌后将灰水倒入二号水缸中，再加水搅拌；搅拌后，将灰水倒入三号水缸中，再加水搅拌；最后，将灰水倒入四号最小的缸中，让水澄清，去其清水，缸底余下的如面粉一般的栗木灰，方可使用。一号、二号、三号缸中沉底的粗糙灰粒则全部扔掉。这前三口水缸的水洗搅拌和四号水缸的澄清，是一个环节也不能少的。

再说玻璃吧。玻璃同样是炉钧釉中一种重要的原材料。它起

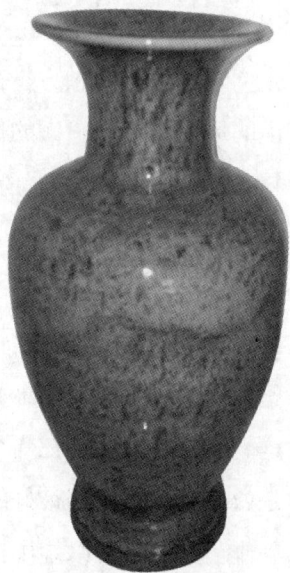

炉钧海蓝观音瓶（高35cm 口径13cm）

着溶剂与增加窑变光泽的作用。过去常用的玻璃是平板碎玻璃和各种玻璃瓶。这些各色玻璃难以加工粉碎，而且玻璃的纯净度不高。2007年夏天，张文建到神垕卫生院去找一位医生朋友玩。朋友诊室的隔壁就是医院的注射室。张文建发现，注射室有半箱注射后的小空瓶，一个个洁白发亮，干净透明。他立即联想到将之用于炉钧釉料。于是他经主人允许，带回一包针剂小空瓶做试验。经初步粉碎，用水冲洗残药，然后风干再粉碎，精白透亮，效果极好。从此，张文建就采用这种针剂小空瓶，作为炉钧釉的玻璃原材料，既易粉碎，效果又好。

说说上釉吧。素胎上釉是一道关键的工序。通常的钧瓷窑厂将瓷胎浸釉一次，再补刷一次即成。这种办法上釉薄，成品率高。而张文建的煤窑烧制，则要求对每件素胎浸釉二次、补刷三次，前后五次才算完成。器面釉足有铜钱厚，一经高温烧制，容易产生美轮美奂的窑变效果，但也容易产生流釉的问题。薄釉气烧，不仅成品率高，而且不会流釉，但永远不会烧出精品钧瓷。这种厚釉高温烧制的理念，正是张文建打造钧瓷"精品链"的核心内容。

几十道工序，张文建道道工序煞费苦心，但却不能一一细表。张文建说："我家虽是一口民窑，但我坚持按官窑的标准去做。每件钧器在窑场工人手上滚来滚去，难以说清滚了多少遍。用真情烧瓷，是我一生的不懈追求。"

谈精烧

有人说："钧瓷是火的艺术。""生在成型，死在烧成。"这些睿语和艺诀充分说明烧窑的重要性。入窑前的钧胎，无论您耗费多少心血，如果烧得不好，最终将前功尽弃。

2008年张文建改烧钧瓷和炉钧后，特聘请神垕镇的"烧窑王"霍振保专烧。霍振保，50岁，中等身材，焦灰的头发，泛黄的脸色，尤其是那双眯缝的小眼睛，一看就能让人猜到他是一位烧窑专家。1982年，20岁的霍振保就干起了烧窑的活。他给国营瓷厂、集体瓷厂、个体瓷厂等20多个窑口烧过窑。他烧过推板窑、滚道窑、倒焰窑、独孔窑、煤窑、柴窑多种。采访中，霍师傅笑着说，经他手烧的煤和柴，拉两火车也拉不完。他说，烧窑工都要参加装窑，通过装窑了解该窑的结构和特点，了解主家重要器物在窑中摆放的部位。烧窑工要听从窑主的安排和意见。特别是成品率，大多窑主家都有高成率的企盼。

我盯着霍师傅问："您给文建烧了三年多窑，他对您有些什么要求？"

霍师傅抿嘴笑了："他很特别，和别家不一样。"

"怎么不一样呢？"

在我多次要求下，霍师傅说：

第一个，因为钧瓷难烧，所以都说"十窑九不成"。即使一窑烧成了，窑内的成品也多少不等。所以我烧过的窑，主家大多要求我"尽量提高成品率"，一窑中成品越多，主家越高兴。而文建从第一窑开始就告诉我，不要计较成品率。一窑中哪怕烧出一件珍品瓷，就足够了。他的话卸掉了我的思想包袱，我感到他和别家窑主很不一样。

第二个，文建还告诉我，每窑要烧到 35 个小时，温度一定要达到 1300℃，不要怕费煤费柴，烧不到这个时间、这种温度出不了好瓷。可是，过去许多窑主要求我烧 30 个小时，达到 1100℃至多 1270℃就行了。因为温度越高，不仅多费煤（柴），同时也要延长我的工作时间。我并不乐意多烧，多烧占用我的休息时间。但我必须听主家的，按文建的要求办。我感到这点和别家窑主也不一样。

第三个，文建要求我，在 35 个小时的烧窑时间内，窑内温度要形成一条波浪起伏的曲线，就像风生水起的湖面波纹，或是歌曲的旋律，音调有高有低，有长有短，听着才好听。烧到九个多小时窑内温度大约 1040℃后，温度的高低就必须不断变换，以便于形成窑内氧化、还原的气氛，促进钧瓷的窑变。这种新鲜的说法，我烧过这么多窑还是第一次听到。

第四个，文建对烧窑的燃料特别挑剔。前几年烧窑用煤，他多选禹县的堂沟煤，因为这种煤热量大，能够烧出天蓝、茄皮紫一类的高贵釉色；其次选用槐树湾煤矿所产的四四煤，这种煤含热量属于中等，可烧出鸡血红、海棠红一类的美丽釉色。他的做法是，只要能采购到好煤，决不用次煤，哪怕好煤的价格一吨要贵上几十元。近年来，煤奇缺、又贵，他改用柴烧，坚持从鲁山县西部山区购进栗木。这种木材不宜用作建筑材料和制作家具，但热量高，不仅能烧出好瓷，而且栗木的灰烬还可作为炉钧釉的原料使用，一举两得。

霍振保的话头刚停，张文建接着对我说，神垕镇论烧窑技术

224

有几个公认的能手，其中就有霍振保。我请振保烧窑，首先看重他的，是人实诚，干活不偷懒。一个窑要烧35个小时左右，几乎两天一夜，谁也不能从开始到结束跟着他、看着他。但只要你说了、交代了，振保就会按你的要求去办，不打任何折扣。烧一个窑要经过几个阶段，这就是氧化阶段、重还原阶段、中性焰阶段、弱还原阶段。窑内温度烧到1050℃时，便进入了重还原阶段。这个阶段对钧瓷窑变最为关键，对添火要求很高。这时的烧窑工一定要做到"四勤两少"，这就是"勤添煤、勤撬火、勤观察、勤捅炉灰"和"少添煤、少捅炉灰"，做到既要煤烟少，又要气氛足。我有几次专门到窑上去看振保在重还原阶段的添火，无论凌晨去，还是风雨雪夜去，他都能做到"四勤两少"，这很不容易啊！业精于勤，这就是精烧。最后，张文建恳切地说："在我的窑上，振保付出了辛苦的劳动，他做出了突出的贡献！"

　　霍振保的故事告诉我们，博古堂钧窑的精品链，是文建大师为首的作坊匠人齐心协力共同打造的。

炉钧茄紫长颈荷口瓶（高31cm，口径18cm）

观精品

张文建的"精品链",像一根粗壮的金藤,三年多的时间里结出一个个"金瓜",总计已有 200 多个,秘藏在他家二楼的珍宝室中。如果您得到主人的恩准,有幸进入这个秘室,华灯打开,您会顿时感到宝光四射,满目璀璨,豪宅气象,皇家风范!如果您逐个细品,不难发现和尚袈裟、八卦阵图、观音送子、双烛白焰、钟馗显灵、红鱼吐珠、秋风芦荡、冬雪寒枝等美丽奇特的窑变图景。那一件件钧瓷,宝光玉润,晶莹剔透,瑰丽华美,巧夺天工!难怪一位北京参观者走出秘室,情不自禁仰天兴叹:"大美啊,钧瓷!钧瓷,真乃国宝也!"

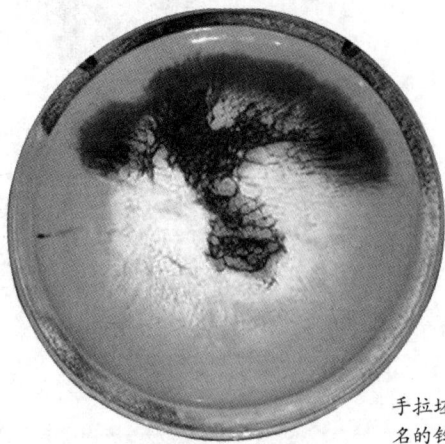

手拉坯大师侯殿申签
名的钧瓷窑变灵芝盘

后记

　　"凌霄羽毛原无力，坠地金石自有声。"我把中国著名诗人臧克家先生（1905—2004）1990 年夏赠我的这一墨宝奉作人生的座右铭，孜孜不倦地读书，踏踏实实地做事，然后把自己的感受写成文章。因此，这本由 36 篇短文与 37 首小诗组成的《晚岁诗文汇》可以看作是我晚年继续学习和践行臧老教诲的体会和感言。回眸人生，聊博一笑。

　　20 世纪 90 年代末叶，我有如时来运转，一路绿灯。1997 年年底，被评编审。1998 年，3 月参加上海电视台举办的全国 50 种期刊关于"社会转型时期的期刊"座谈会；5 月参加在京召开的全国首届社长、主编理论研讨班，结业后赴美考察游览。回国后，论文《论期刊改革的总体策划》入选晋冀鲁豫编辑理论研讨会，8 月前往北戴河参加交流，并被写入"会议纪要"；9 月参加由中国出版科学研究所等单位发起、在广州召开的"期刊产业发展研讨会"。联想我的属相羊，好像自己突然变成可可西里的一只藏羚羊，举目四望，天空无限，旷野无垠，这一切怎能不让人畅怀欢笑呢！

回眸一笑

史全乐书

　　自走出学校门，进新闻出版门，我从事报纸、图书、期刊编辑，年复一年，一干就是 38 年。2004 年正式退休后摸进文化产业门，表面看干的还是编辑，而实际上却大相径庭。这正如唱京剧，原先演"老旦"，能唱就得了；如今改演"刀马旦"，不但要唱还要打斗。就是说，要把"历史文化"演绎成"经济项目"。这一角色的转换让我迟迟不能"入戏"。从 2004 年考察开封府并撰写《重建的开封府》，2005 年考察郑州惠济区并撰写《郑州人的"御花园"》，我一步步摸着上了路，并于 2007 年以 4 章 15000 言的篇幅，撰写成《郑州凤凰台文化广场畅想曲》开发方案，受到好评。我终于完成由"老旦"至"刀马旦"的角色转换。尽管凤凰台的地皮被房地产开发商先行抢占而致使项目最终未能实施，我仍然感悟到李白"仰天大笑出门去，我辈岂是蓬蒿人"的些许滋味。

　　在我的人生经历中，怎么也想不到，我和律师李强竟然与红遍中国的芭蕾舞明星茅惠芳在大上海打了一场官司。我们的法庭辩论博得全体被告人的赞扬，也赢得旁听的上海人的好评。平心而论，《"喜儿"茅惠芳浮沉录》确实给茅惠芳的名誉造成了伤害，但主要责任不在我刊而在作者。当我刊得知该文对茅惠芳的名誉造成伤害时，便以最快的速度在刊物上刊发声明，既对茅惠芳表示道歉，又严禁其他媒体对该文转载和扩大传播。我们的态度是明朗的，纠错的措施是积极的。时隔12年，今天回眸此案，让人苦笑和深思。应当承认，作为主编，这绝对不是一件光荣的事，而是一次因对来稿失察而导致的败诉记录。一个人，只有在任何时候都保持坚定正确的政治方向和思想路线，才能永远立于不败之地。这才是正确的结论。

人的一生，即如我等这般微小人物，也有微小之成功与失败、喜怒与哀乐，苦辣酸甜咸都有。回眸一笑五味俱，笔写书记慰平生，或许这正是人生最好的滋味。

最后我要说的，是感谢：

对尊敬的全国政协教科文卫体委员会副主任、政协河南省委员会原主席王全书先生挥毫为拙著题写书名，深表感谢！

对尊敬的中国作家协会会员、中国国画研究院副院长、留馀文化艺术研究院院长赵世信先生深表感谢。他在患重感冒、爱妻病重中，挤时间为拙著作序，不厌其烦，两易其稿，稿成后征询我的意见。我拜读后，既惭愧他的过奖，更感谢他的真情："兄长情意深，字字重千钧。读如饮朝露，滴滴润我心。"

对所有真诚帮助、使拙著得以出版的朋友和同志表示感谢！由于人数太多，恕不再一一提名了！

作者

于2015年11月